Incendie blanc

ANTOINE CATEL

Incendie blanc

CALMANN LÉVY

CALMANN LÉVY
ÉDITEUR DEPUIS 1836
www.calmann-levy.fr

Couverture

Maquette : olo.editions
Tableau : Portrait Roma Bleu © Tiffany Bouelle

ISBN : 978-2-7021-8592-6

Aux ailleurs vivants
Plus vivants que ce monde dénudé d'elle
À Pauline
Qui me les fit entrevoir

À Papou

« L'amour ne s'altère pas en heures ou en semaines, mais survit jusqu'à la pointe de la fin des temps. Et si cela est faux, qu'on me le prouve. Je n'ai jamais écrit et personne n'a jamais aimé. »

William Shakespeare, *Sonnets*

Toute sa vie la petite sœur a été vieille.

Ça avait démarré très tôt. Dès le moment où, au fond de la brousse africaine, on avait commencé à la surnommer « la vieille » à cause de son drôle de regard, vieillir était devenu plus inéluctable pour elle que pour les autres Hommes. La petite sœur avait vieilli bien avant de grandir. Malgré son intelligence d'envergure, elle avait vite oublié cet étrange surnom, mais elle n'était alors encore qu'une toute petite fille. Elle n'avait pas non plus pensé à remercier ces prospecteurs pour leur découverte – c'est une erreur très commune de croire que les surnoms sont de pures inventions. Seuls ces anciens des villages alentour, restés impassibles, avaient su admettre la petite sœur dans leur temps d'Hommes. Les autres villageois, frappés d'étonnement, avaient blêmi comme un seul visage devant cette anormalité première, devant tant d'usure dans des traits enfantins. Car il était bien sûr anormal pour la petite sœur d'être vieille tout en étant une enfant. Cela aurait signifié que la vie s'écoulait à l'envers, or les torrents ne remontaient pas les sommets, ni en Afrique ni sur aucun autre continent. L'odeur du bébé, ses maladresses, l'agitation constante de ses mains minuscules, étaient des attributs de l'enfance. Mais ce regard picoré d'yeux d'une sévérité perpétuelle, ce regard qui gênait, se posait partout, trop longtemps, trop intensément… vieillerie. Ils avaient pensé, ces visiteurs temporaires et oubliés, que ça n'était pas normal ces yeux-là, que tout était sombre chez elle, et vieux. Ils se l'étaient dit entre eux, tout bas, respectueux (terrifiés), sans oser l'expliquer à notre mère, que ce bébé n'était pas normal. Notre mère ne se l'était pas entendu dire ; l'étrangeté précoce de sa fille n'avait pas été dénoncée à haute voix. Pour autant, elle le savait bien et elle se disait en le berçant doucement que oui, décidément, ce bébé-là, cet enfant sans âge, avait tout d'inhabituel.

Moi, je me souviens que j'étais comme ma mère et les autres : ému par ma petite sœur vétuste qui semblait contenir toute la solennité africaine dans ses pupilles. Dès sa naissance dans la brousse, je l'avais trouvée différente, je l'avais trouvée intense et tutélaire, j'avais pensé qu'elle était en quelque sorte de l'Histoire. Car même si j'avais d'abord refusé de le concevoir, il se trouve qu'elle avait tout façonné dans ma vie : elle était une exigence nécessaire qui avait créé un monde. J'avais donc passé de longues heures, penché au-dessus du berceau, à m'interroger sur ce que cette particularité incrustée dans ses yeux pouvait bien signifier.

Sans jamais rien comprendre.

Puis, finalement, le temps avait défilé comme une belle image et il y avait eu à chaque fois un peu plus d'elle dans mon être et dans mon cœur. Et je m'étais rapidement pris à l'aimer sans réserve et en dehors de toute raison.

Je ne devais réaliser que bien plus tard, au crépuscule de notre vie, à quel point cette vieillesse intransigeante – qui transperçait par son regard le masque d'une jeunesse de simulacre – recelait l'essence de la petite sœur et toute son énigme.

la petite sœur pour toujours
Elle est morte.

Des mots qui annoncent une sentence qui défigure. Une réalité capitale.

Tout commence et finit toujours par des mots.

Les mots.

Les premiers que l'on profère.

Le dernier soupir exhalé.

Les mots sont le carcan des vies humaines.

La musique. Ça lui manque, ici, la musique. Beethoven et Chopin lui manquent. Satie aussi. Heureusement, il y a ce vieux piano endormi dans le couloir de l'entrée. Elle passe tous les jours devant pour se rendre au réfectoire. Alors elle va demander une autorisation. C'est la règle pour toute chose à l'intérieur. Aucune exception.

Un été à Paris
La petite sœur a vingt-deux ans
Dehors le vent ne souffle pas

À l'intérieur, elle joue.

Elle est un peu rouillée, comme le piano d'ailleurs. Ça les rapproche. Ses mains tremblent de manière constante depuis qu'elle est ici. Mais elle a tant besoin de musique entre ces murs à la blancheur inquiétante.

Alors elle joue – les notes se répandent dans le bâtiment. Elles impriment à sa nudité la couleur de l'inédit.

Tout en faisant courir ses doigts sur l'ivoire, la petite sœur songe à Papou notre grand-père. Ils ont tissé des liens si particuliers à l'ombre des *Gymnopédies*. C'est la femme d'un de ses amis, un pianiste aveugle, qui commence à donner des leçons à la petite sœur. Elle avait dix ans. Papou est aussi un musicien émérite. Des journées entières seront dévorées par leurs quatre-mains. Des quatre-mains plus que de musique, des duos de structure et d'amour qui achèveront le lacement de leurs âmes. Des doigts qui dévalent les touches, les arpentent, des mains qui effleurent leurs passions partagées : le piano, la médecine et notre grand-mère Mamine. Des quatre-mains qui feront dire à la petite sœur qu'elle n'aura plus de raison de vivre quand ses grands-parents mourront.

Elle joue encore.

La petite sœur joue ici, sur le vieux piano, car elle est toxicomane. À l'extérieur, elle consomme de la cocaïne tous les jours. Une dizaine de traces de coke en une seule journée. Parfois même un gramme entier. Ce sont les « descentes » qu'elle ne supporte plus. Ces dépressions subites et incontrôlables qui suivent mécaniquement la fin de l'euphorie provoquée par la came. C'est au cours de l'une d'elles qu'elle a accepté mon idée de se faire interner en désintox. Il n'existe pas de médicament de substitution pour la cocaïne. Alors la petite sœur s'y débat seule et avec bravoure contre un lutteur invisible. Un fardeau crépusculaire. Elle se bat de toutes ses forces avec cette dignité obstinée des moucherons qui s'écrasent contre les lampes pour un peu de lumière.

D'autres êtres se démènent avec elle. Un blouson de cuir aux épaules, l'iris argenté comme l'eau du port de Saint-Nazaire, sa ville natale. Michel appartient à cette classe de motards un peu désuète qui se battaient à coups de chaînes de vélo dans des faubourgs interdits. Il semble très préoccupé par la petite sœur, très attentif. Il veille sur elle constamment, tel un père. Alcoolique, il s'est donné pour objectif de l'aider à s'en sortir. Comme si la guérison de la petite sœur devait préfigurer la sienne.

Les notes du piano continuent de s'égrener. L'autre grand ami de la petite sœur à l'intérieur l'écoute religieusement. Assis à sa droite. Il se nomme Frédéric. Il est bien différent de Michel, son exact opposé. Accro aux opiacés, Frédéric porte constamment un col roulé noir. Son vêtement lui dessine un visage noble et instinctif. Sa voix, mesurée et calme, se pose sur toutes les choses, les entoure d'une tonalité moelleuse. Elle semble caresser l'épiderme plus qu'elle ne fait vibrer les tympans. Sans que je sache bien pourquoi, sa présence me dérange.

Cocaïne, alcool, morphine, jeux d'argent, héroïne, sexe, opium, méthamphétamine, médicaments en tout genre : psychotropes, calmants, euphorisants... Les patients savent tout de leurs addictions respectives. C'est même parfois la première question qu'ils se posent en arrivant. Mais ces êtres du dedans regardent ceux du dehors avec un mélange de curiosité et de méfiance. C'est la petite sœur qui m'a expliqué pour Michel et Frédéric lors d'une de mes visites hebdomadaires. Chaque semaine, j'apporte des nouvelles de l'extérieur. Papou, notre sœur Sophie… elle désire être certaine qu'ils vont bien. Qu'ils en savent le moins possible pour la coke. Chaque semaine, elle me joue un air au piano puis on va marcher ensemble dans le jardin. Elle aime regarder les rosiers en fleurs sous le soleil d'été.

La petite sœur joue toujours sur le vieux piano.

Les durées s'écrasent contre ces murs. Le temps ne passe pas à l'intérieur.

Depuis qu'elle est accro à la coke, la petite sœur ne vieillit plus.

Elle joue…

Seule la musique agite un peu le lien endormi des âmes avec le réel.

Je me rappelle si bien la rage de ce jour-là. Son immonde absolu. Je pourrais retrouver la position de chacun de mes pas lorsque je me suis mis à courir vers chez nous, comme s'ils s'étaient fondus dans le goudron de Paris.

Cours, cours, cours… je cours comme un fou jusqu'à l'appartement où la petite sœur est, depuis peu, revenue vivre avec notre sœur Sophie et moi. C'est cette dernière qui m'a envoyé un texto pour m'annoncer la mort de la petite sœur, tombée comme un couperet. J'ignore comment elle a pu l'écrire. Mais je sais comment j'ai fait pour le lire : je n'y ai pas cru. Tout simplement. Tout bêtement. Un refus, un refus impossible à brader contre la réalité plus impossible encore. Un non hurlé si fort contre le silence aberrant qui va se faire. Une révolte inutile et désespérée contre cette insulte à tout ce qui fait que la vie est belle.

Contre la possibilité pour son sourire de s'éteindre.

Au-delà de sa vieillesse intransigeante, la seconde énigme de la petite sœur était son prénom. Celui de notre grand frère, Francis, était une volonté de notre père. Son propre père, qui s'était suicidé jeune, s'appelait ainsi. Le mien était une idée soufflée par ma grand-mère. La petite sœur, elle, portait le prénom dont notre mère avait toujours rêvé si elle avait une fille. Elle n'y avait pas vraiment réfléchi pour ses garçons, mais ce prénom-là, plein de métal, était son exigence intime.

Le père et la mère de la petite sœur s'étaient rencontrés pour la première fois, non dans la brousse, mais au milieu du désert de Mauritanie, à l'ouest de l'Afrique. Notre mère, qui avait de l'intempérance dans la silhouette, ne ressemblait en rien à notre père : elle n'était pas grande mais très belle avec ses cheveux d'ambre et son sourire ardent. Notre père était charpenté et haut, son nez épais surmontait une moustache qui zébrait le bas de son visage comme un éclair brun et l'odeur de son corps rappelait celle de la cendre.

Notre mère venait tout juste d'obtenir son diplôme vétérinaire et d'entamer une étude sur les chauves-souris à Nouakchott, la capitale mauritanienne. Elle habitait provisoirement chez un ami qui connaissait aussi notre père. Ce dernier était arrivé un soir où ma mère était encore là ; il devait rentrer à Paris le lendemain pour les vacances de Noël, ce qu'il ne fit jamais. Habituellement il ne venait pas ici, il travaillait à Nouadhibou dans le Nord mauritanien, il y enseignait la mécanique.

Ensemble mon père et ma mère, au commencement de cette heure d'enlacement mauresque, ensemble les parents avaient donné la petite sœur.

L'Afrique lui avait été imposée comme le plus beau des cadeaux. Sa vieillesse instantanée avait pu librement s'y épanouir, abritée de la langueur muette d'un soleil dur. Elle répondait à la vieillesse immémoriale du continent : sa rencontre avec l'Afrique était logique. Après la Mauritanie qu'elle n'avait pas connue, nos parents s'étaient installés dans une belle maison blanche en périphérie de Garoua, une ville au nord du Cameroun que traversait une rivière dont le nom sonnait comme un tam-tam : la Bénoué. Il y avait plus de mille kilomètres entre Garoua et la capitale camerounaise, Yaoundé. C'est là, au milieu d'une brousse de nulle part épaisse et confuse, que la petite sœur avait commencé de vieillir en paix. La brousse, en effet, ceinturait le jardin de toute part. Des herbes si hautes, si jaunes – tombées directement du soleil. Protégée par cet océan herbeux et calciné, la petite sœur avait fait l'expérience d'une solitude pleine, mélancolique, de la matière de celle dont souffraient aussi les déserts. Elle n'était jamais troublée dans sa quiétude indigène. La brousse, comme une mer sans vagues, ne rejetait rien au-dehors et maintenait la petite sœur éloignée du monde et de ses indécences. Elle était encore trop petite pour aller y chasser. Mais notre père pensait peut-être l'y emmener un jour et la petite sœur devait l'avoir parfaitement compris (elle semblait comprendre les pensées des adultes mieux encore qu'eux-mêmes). Alors il ne menait que notre frère Francis et moi, ainsi que la vieille chienne Crapule, à travers les rivières emplies à ras bord d'hippopotames en colère, les nids de margouillats et de fourmis magnans, dont la morsure était si puissante que les Massaïs les décapitaient pour se servir de leurs mandibules comme points de suture. Il tuait au fusil des pintades qu'on faisait griller le soir sur un feu au milieu du jardin. Et la vieille Crapule, qui ne semblait jamais s'y perdre, serpentait entre les hautes herbes poussiéreuses, reconnaissant chaque brin à son parfum ensoleillé, pour rapporter les cadavres d'oiseaux fauchés par les plombs aveugles.

Âgée, Crapule l'était sans doute avec son poil grisonnant sur les flancs et ses yeux d'un violet condensé. Elle était une sorte d'ouvrage de sagesse inaccessible, que les humains ne savaient pas lire. Crapule pensait beaucoup mais ne disait rien – des oraisons silencieuses – et vivait en des hauteurs où sa douceur le disputait à l'amour que la petite sœur lui prodiguait sous forme de caresses incessantes. Ces deux-là avaient l'air de parfaitement se comprendre : deux vieilles amies qui supportaient ensemble le fardeau d'un autrefois étrange.

Sous la protection de Crapule et de toute l'Afrique qui l'enveloppait, maternelle, avec une bonté chaude, s'enclenchait une histoire comme il n'en existait aucune de semblable, une histoire qui, comme toutes les vies humaines, n'en finissait plus de s'achever.

la petite sœur pour toujours

C'est une belle journée. Il fait chaud pour un mois d'octobre. Paris resplendit. Je n'ai pas encore peur. Je n'ai pas encore mal. Pas encore peur de tout ce qu'il y a sans elle. La peur viendra. La douleur viendra. Pour l'instant, je bats toujours le pavé de mes jambes d'automate. J'ai le droit à quelques secondes de quiétude mécanique.

Ça fait plusieurs heures que le chat de la petite sœur a disparu. Elle l'a adopté deux semaines avant de démarrer sa première désintox. Il a eu un effet bénéfique inattendu : comme elle sait que son chat l'attend, qu'il est encore un chaton, qu'il a besoin d'elle, elle rentre moins tard de soirée (à son retour, il y a parfois encore un petit bout de nuit ligoté au ciel). Elle se défonce un peu moins pour être encore consciente en le retrouvant.

À son entrée en cure, notre Sophie et moi l'avons pris avec nous. La petite sœur est très attentive à ce qu'on s'occupe bien de lui. Mais là, on l'a perdu. On le cherche, bien sûr, partout. Mais on commet aussi une erreur, notre Sophie et moi. Celle de l'avertir, de lui dire la vérité. On devrait lui mentir. Pour son bien. Lutter contre la dépendance implique parfois de la sauvegarder de la vérité.

La petite sœur quitte précipitamment la clinique en plein milieu d'un cours de sport. Ça me fait plaisir de la voir, mais elle ne prête aucune attention à mon sourire au seuil de la porte. Elle ne pense qu'à son chat. Notre Sophie et moi avons beau lui expliquer qu'il n'a pas pu sortir de l'appartement, elle n'en démord pas. Elle nous en veut beaucoup et ça me blesse profondément. Comme si je n'étais pas digne de sa confiance. Comme si je ne pouvais rien pour l'aider à travers la longue transhumance de sa maladie.

La petite sœur réintègre la clinique après un après-midi entier de recherche acharnée. Elle pleure en nous quittant et sa tristesse est une torture pour moi. Elle ne contrôle plus rien, ni ses émotions ni la peine qu'elle fait autour d'elle. Le rouleau compresseur de son addiction écrase tout sur son passage. On retrouve le chat le lendemain, caché dans un trou sous la baignoire.

La réalité, c'est que la petite sœur a perdu le contrôle bien avant ça. Toute cette came, toutes ces doses, les unes après les autres… Elles l'ont détruite. Elles l'ont rajeunie.

Son addiction à la cocaïne a provoqué le déclenchement d'un trouble bipolaire. Ça arrive, parfois, chez les consommateurs. C'est imprévisible. C'est l'un des plus grands dangers de la drogue. La petite sœur me l'avoue à la clinique. Les digues ont sauté. Son cerveau entier a sombré, noyé de poudre. On est dans sa chambre. Vue sur le Parc des Princes. Ses livres de médecine sont étalés grand ouvert sur son bureau. Elle est assise sur le lit et pleure. Elle me dit qu'elle ne peut plus réviser, qu'elle n'arrive plus à se concentrer sans la coke. Elle m'explique qu'il y a quelque temps, elle a même tapé trois traces dans les toilettes d'un bar de Beaubourg. C'était juste avant un rendez-vous avec un garçon rencontré sur Tinder. L'addiction la prive de toute sa confiance en elle. Après qu'on a perdu son chat, elle est rentrée à la clinique et, haletante, s'est défoncée. Pendant des heures. Traces après traces. Elle a ingéré tous les éclairs de la nuit.

Elle remonte ses manches et je découvre les cicatrices qui ornent ses bras. Des lacérations rouges, comme des veines à l'air libre, lui scient la peau. La petite sœur se scarifie. Je l'ignorais.

Je la serre contre moi et, la peur au ventre, moi aussi je verse des larmes. Toute sa vieillesse d'âme d'autrefois happée par les sables mouvants de la cocaïne. Une guerre illustre est en train de se livrer.

Et la petite sœur vient de perdre une bataille.

la petite sœur pour toujours

J'arrive devant la porte de l'immeuble. Je suis passé devant le fleuriste en courant. J'ai tout de même remarqué les roses. Ses fleurs préférées. Je me dis que, lorsque j'entrerai chez nous, je la découvrirai dans les bras de notre Sophie, toutes les deux riantes à l'apparition de mon visage détrempé de sueur, je descendrai lui en acheter une. J'oublierai leur mauvaise blague et je lui offrirai une rose, comme celle qu'elle s'est tatouée quelques mois plus tôt sur le flanc droit.

Je grimpe les marches d'escalier quatre à quatre. Cela fait deux jours et deux nuits que je ne l'ai pas vue. En la quittant lundi après-midi, j'ai fait le clown. Elle adore ça. Mais quand je suis revenu plus tard dans la soirée, elle n'était plus là. Notre Sophie m'a dit qu'elle était allée boire un verre avec Frédéric, son ami de la clinique. Je le connais, j'ai confiance.

Elle n'est pas rentrée mardi. Elle m'a envoyé un texto mardi soir. Son tout dernier. Elle m'a écrit qu'elle dormait chez Frédéric et que tout allait bien. Que je ne devais pas m'inquiéter.

Dans l'escalier qui me mène à notre étage, j'en reviens à mon espérance dérisoire, je l'implore de toute mon âme, je ne veux plus rien d'autre au monde, *pourvu qu'il ne lui soit rien arrivé, pourvu qu'elle aille bien, pourvu qu'elle puisse encore rêver.* Je m'y raccroche, désespéré… *Pitié, je veux simplement lui offrir une rose…*

Mais la porte de l'appartement est entrouverte.

En Côte d'Ivoire – c'était il y a vingt ans – où nos parents nous avaient emmenés vivre après le Cameroun, notre monde s'était transformé, et la petite sœur avec lui. Avec la naissance de notre Sophie elle s'était mise d'un coup à vieillir pour autre chose qu'elle-même. L'amour qu'elle avait immédiatement porté à sa sœur avait conféré une consistance, un but à sa vieillesse, un idéal à cette escorte du temps. La petite sœur aimera pour toujours notre Sophie d'une tendresse inaliénable, à tel point qu'on a pu se demander pourquoi leur mère avait attendu si longtemps avant de les réunir.

Notre Afrique, aussi, avait changé. À Abidjan, la capitale économique ivoirienne, la petite sœur s'était raccordée pour la première fois de sa vieille existence à l'étonnante histoire des Hommes. De Garoua, de la rivière Bénoué, de la maison cernée de brousse, on était passé à une résidence autour de laquelle se mouvait une métropole en vie. Des artères qui regorgeaient de panneaux publicitaires Coca-Cola, de vendeurs à la sauvette et de maquis (ces cases de tôle qui faisaient office de restaurants de rue, au fond desquels une télévision grise diffusait en boucle des matchs de la Coupe d'Afrique des Nations). Tout résonnait à Abidjan la sonore, la ville grouillait de milliers d'existences recelant chacune une grandeur dissimulée. Il ne restait rien du solitaire protecteur de la brousse, la petite sœur ne recevait plus son enseignement millénaire, mais elle était restée étonnamment calme face à ce déferlement.

On habitait une maison d'une résidence du quartier Riviera III, que les Abidjanais surnommaient *Beverly Hills* et où ne vivaient que des expatriés et de riches politiques et industriels ivoiriens. La pauvreté, on ne la voyait que de loin, nous les quatre petits Blancs comme disaient les gens ici, on ne la distinguait qu'à travers un filtre. La petite sœur y était confrontée tous les jours à Abidjan qui, comme toutes les grandes villes, se tenait roide, comme un espoir déçu pour l'indigence.

Mais elle n'était jamais atteinte, la fresque de la pauvreté n'éclaboussait pas son corps, l'immaculé de sa peau. Les barreaux aux fenêtres de la maison et les hautes piques qui détouraient injustement le jardin l'en empêchaient. Et puis les gardiens postés à l'entrée de la résidence, qu'elle allait saluer tous les soirs sur son vélo à roulettes, et le cuisinier, et le jardinier, et tous les autres employés de maison que nos parents pouvaient s'offrir ici, contribuaient à faire de la vie de la petite sœur l'un de ces vieux films en noir et blanc que venaient tout juste séquencer les sauts de bobines. La pellicule se déroulait, rapide, inusable, mais soudain tressautait et l'Afrique s'était entrecoupée. Un claquement sec du projecteur, l'image s'était figée. La bobine avait un défaut, une aspérité avait entravé son écoulement fluide.

Peu après la naissance de notre Sophie, la mort de notre père était venue figer le film de notre vie.

On était au mois d'août, mon père avait du travail à finir à Abidjan et devait nous rejoindre plus tard pour les vacances. Il était tombé malade, pas gravement au début, mais n'avait pas souhaité rentrer se soigner en France, ce que notre mère l'avait supplié de faire. Il pensait guérir facilement mais son état s'était rapidement dégradé. Très inquiet, le cuisinier était même resté le veiller toute la nuit au lieu de rentrer chez lui. Mais mon père s'était obstiné ; à ce stade, il n'était déjà plus transportable, mais il avait même refusé que le cuisinier prévienne le docteur alors qu'il s'étouffait.

Fierté catalane.

Notre mère avait reçu l'appel le lendemain de cette nuit de marécage et d'étain. Je me souviens que je l'avais longuement observée de loin, le téléphone à la main, si belle dans sa douleur. Je m'étais avancé vers elle une fois l'appel terminé, pour lui demander si c'était bien de cela qu'il s'agissait, si papa était mort. Étrangement, j'étais le seul des quatre enfants à avoir compris. Même la petite sœur, d'habitude si clairvoyante, n'avait pas réalisé tout de suite : la chasse à la pintade était éternellement close.

De ce père décédé d'une infection pulmonaire fulgurante, je crois que la petite sœur ne se souvenait pas très bien. Elle savait juste qu'il portait la moustache grâce à une photo qui nous avait toujours fascinés. On l'y voyait balancer à bout de bras un énorme capitaine, un poisson aussi grand que lui qu'il venait de pêcher dans un fleuve mauritanien. De la même manière, elle ignorait alors que sa disparition était un fracas à retardement qui veinerait pour longtemps son existence.

La petite sœur ne se souvenait pas de la tendresse du sourire de son père, qui perçait à travers l'épaisseur de sa moustache. Elle ne se souvenait pas non plus de sa douceur, qui l'autorisait seul à nourrir au biberon une antilope qu'il élevait dans le jardin au Cameroun. Ni de sa culture immense, lui le lecteur insatiable de Cocteau. Elle ne se rappelait pas qu'il fumait beaucoup, portait constamment aux pieds des chaussures bateau, même en Afrique, et faisait en toutes circonstances montre de cette prestance nobiliaire, désintéressée de toutes les choses, y compris des plus vitales, qui caractérise si fortement les hommes méridionaux. De toutes les choses vitales à l'exception de nous, ses quatre enfants, qu'il aimait jusqu'à l'éblouissement.

Sur la photo au poisson, il est aisé de voir à quel point son regard matifié ressemble à celui de la petite sœur.

la petite sœur pour toujours

Je pousse la porte de l'appartement du creux de cette main qui a si souvent contenu la finesse de la sienne, qui garde encore la mémoire de son empreinte.

Il n'y a rien comme la mémoire des mains.

Une parenthèse étrange dans la vie de la petite sœur. Voilà ce que représente cette clinique de désintoxication. Aujourd'hui, je la rejoins pour le déjeuner. Michel le motard nous invite à sa table. Il me parle de sa fille. C'est sans doute parce qu'elle la lui rappelle qu'il a décidé de prendre la petite sœur sous son aile. Michel porte la moustache. Comme mon père. Cet homme si lointain dont l'absence se métastase au long des nuits de défonce de la petite sœur. Je sens qu'elle lui en a dit beaucoup.

On se promène dans le jardin après le repas. La petite sœur est remontée chercher des cigarettes dans sa chambre. Michel en profite : il m'explique qu'il fait tout ce qu'il peut pour l'aider mais que c'est important que je sois là. Non seulement aujourd'hui mais aussi en général. Qu'avec moi elle n'a pas honte. Il sait que j'ai pu être dur avec elle, que j'ai pu me braquer. Elle a dû le sentir. Peut-être même le lui ai-je déjà dit, mais elle m'a parfois tant épuisé de ses errements.

Michel est alcoolique. Il me raconte qu'avant sa cure, sa femme faisait des marques sur les bouteilles d'alcools. Pour s'assurer que leur niveau ne descendait pas. Il prenait ça pour une insulte, s'insurgeait, buvait de plus belle.

Le bureau de l'addictologue de la clinique. Dehors, des patients jouent au ping-pong ou discutent abrités du soleil de juillet. Dedans, la petite sœur siège à ma droite. Le médecin semble avoir l'habitude des proches désemparés, complètement à côté de la plaque. À qui l'on n'a jamais expliqué ce qu'est vraiment l'addiction. Le dialogue se noue autour d'un café. La petite sœur me regarde fixement de ses yeux d'ébène : mes réponses sont importantes.

Je comprends au fil de la conversation que les personnes dépendantes sont les interprètes d'un langage d'elles seules compris. Cette langue maladive de l'addiction, personne d'autre ne la parle. Ces hommes et ces femmes, et la petite sœur avec eux, errent à bout de souffle dans une nuit qui éteint leurs cris. Ils dérivent seuls, dans l'opaque, délestés par la société de toute forme de raison. Leur combat est courageux et profondément solitaire.

La petite sœur sent que je chancelle, que mes certitudes s'effondrent les unes après les autres. En réalité, elle est malade. Si malade. Je ne le réalise que maintenant. Il était plus facile de penser que c'était de sa faute.

La petite sœur est malade de sa jeunesse.

Elle pose doucement sa main sur mon bras. Cette main n'a plus aucune sagesse, elle est froide et lisse. Je la prends dans les miennes pour la réchauffer. Puis à mon tour, je lève les yeux vers elle. On se regarde un long moment sans rien se dire. Je lui raconte mais sans aucune parole, juste par le regard, à quel point je suis désolé de ne pas avoir compris plus tôt.

Un sourire se dépose sur son visage.

Et j'espère à cet instant que mon cri silencieux de repentir parvienne jusqu'à cette âme aimée de moi seul. Je souhaite secrètement, très loin en moi-même, qu'elle n'entende plus que ça.

Résonner jusqu'au fond des âges.

la petite sœur pour toujours

Je tremble. En ouvrant la porte, je suis tombé sur trois hommes debout au milieu du salon. Derrière eux, notre Sophie. Assise sur le canapé. Les yeux pleins d'horreur.

Notre père fut enterré dans les Pyrénées, dans son Sud natal, qu'il avait quitté par amour pour l'Afrique. On n'était pas à l'enterrement avec la petite sœur, notre mère avait refusé, elle voulait nous protéger. Pour elle, à la suite du décès de son mari, l'Afrique était devenue instantanément plus dure. Papou et Mamine, ses parents, et tout le reste de la famille vivaient en France. Elle avait donc dû s'occuper de nous, d'elle-même et de son deuil, nous élever seule en plus de son travail. Mais elle n'en avait jamais rien laissé paraître, n'avait expulsé aucune rage, exprimé aucune peine à la tâche, aucun atermoiement. Elle s'était attelée à nous façonner une enfance de la matière de ces bonheurs souverains, de la même argile, impossibles à dire.

Pour combler le vide laissé par notre père, tromper son absence, ma mère avait rapidement embauché une nounou prénommée Jeannette. Ma mère était quelquefois dotée d'une perspicacité hors du commun : Jeannette était tout ce qu'il nous fallait pour reprendre le cours de notre existence africaine. Elle était une sérénade, elle chantait en préparant l'attiéké et l'alloco (de la semoule de manioc pilée et des bananes plantains frites) pour le repas de midi. Elle était une palette de peintre quand, le dimanche, elle revêtait ses robes de toutes les couleurs. Une foire aux rires lorsque la vendeuse de légumes, avec laquelle elle discutait longuement, passait dans la résidence pour vendre son manioc et son gombo. Jeannette nous suivait partout, venait nous chercher à l'école, nous nourrissait, nous habillait, nous lavait, nous protégeait, nous considérait comme ses enfants. Jeannette faisait plus que ce qu'on lui demandait parce que Jeannette nous aimait d'une manière intense et minutieuse. Jeannette aimait la petite sœur.

Mais elle nous corrigeait aussi, nous traitait souvent de petits « gaous », petits sots, et maniait avec une précision aiguë un fouet fabriqué d'une branche fine qu'elle détachait d'un arbre du jardin. Le sifflement de ce qu'elle appelait le « féké féké » et sa brûlure sur nos bras suffisaient à nous passer l'envie de désobéir. On avait besoin d'être corrigés ; surtout la petite sœur et moi. On était ensemble la bête noire de Jeannette, mais chacun à notre manière propre : la mienne plus sourde, plus feutrée que celle de la petite sœur, qui, elle, allait directement au contact. Elle avait été très vite surnommée « Pépette » par Jeannette à cause de ça. Car malgré sa taille minuscule et son air de jolie poupée de jade, la petite sœur était un tyran qui ne supportait pas la moindre contradiction, plus fière encore que les grands baobabs africains. La nourrir, surtout, était impossible, et il fallait que Jeannette ruse afin qu'elle ne tombe pas d'anémie, matraquée par le plomb du soleil. Ses couchers aussi étaient catastrophiques, nuit ou simple sieste. Jeannette ratait fréquemment le bus qui la ramenait chez elle, dans le secteur d'Anono, car la petite sœur refusait de se mettre au lit.

À cette époque, elle était encore en maternelle. Pour se rendre à l'école Jacques-Prévert qu'on fréquentait tous les quatre, on devait traverser le boulevard François-Mitterrand avant de remonter un chemin de glaise défoncé. Sur son bord se trouvaient d'un côté des zébus et de l'autre des plantes, plus bizarres encore, qui se fermaient lorsque la petite sœur s'amusait à les effleurer de la main. Pourtant, elle ne pouvait pas ralentir la marche à cause de la chaleur écumeuse. Jeannette avait donc tôt fait de la tirer d'un coup sec par le bras pour lui faire accélérer le pas.

À l'école, la petite sœur apprenait tout juste à lire et écrire. Le soir, elle me demandait de déchiffrer les suites inintelligibles de lettres qu'elle inventait sans cesse pour les offrir à sa mère. C'était son grand jeu. Elle y passait ses nuits. Notre mère ne savait plus quoi faire de tous ces bouts de papier qu'elle lui présentait inlassablement, elle en avait une boîte pleine sous son lit. La petite sœur écrivait dès qu'elle avait un moment de libre, en plus de ses devoirs d'école, elle recelait en son âme une sensibilité telle qu'elle demandait déjà à s'exprimer à outrance avant même de pouvoir être comprise. Une richesse intérieure aussi vaste qu'une civilisation étouffée, un volcan de nuit.

Un jour que notre mère s'était de nouveau emparée dans un sourire d'une feuille griffonnée par la petite sœur, elle avait été secouée d'un coup, de haut en bas, par une toux violente, une quinte souterraine. La petite sœur, tout à son ouvrage, n'avait pas prêté attention, mais sa mère avait comme une balafre au flanc de sa jolie voix.

la petite sœur pour toujours

Cette conversation n'est pas un univers qui s'écroule mais un monde qui s'édifie. Un monde dénudé d'elle. Il se découvre d'un coup, immense, silencieux, vide. Je ne me sens pas chancelant comme je l'aurais cru. Je suis figé, paralysé, incapable de bouger au centre de ce monde sans pesanteur.

Les trois hommes qui se tiennent là, debout au milieu du salon, sont des policiers. L'un d'eux me dit qu'ils ont trouvé la petite sœur ce mercredi matin chez Frédéric.

Il me demande si je sais pourquoi elle s'y trouvait.

Je réponds que non, que la dernière fois que je l'ai vue c'était lundi soir et qu'en dehors du message qu'elle m'a envoyé le lendemain, je n'ai plus eu de ses nouvelles.

Est-ce que je sais qu'elle consommait des produits stupéfiants ? Oui, oui... bien sûr que je le sais. Je le leur dis. Depuis environ deux ans. Je leur explique aussi qu'elle voulait s'en sortir. Qu'elle venait de terminer sa deuxième cure de désintoxication quinze jours auparavant.

Ils me disent avoir placé Frédéric en garde à vue pour l'interroger car il leur a paru incohérent.

Est-ce que je sais qui il était pour elle ?

Je leur dis que c'est l'un de ses amis rencontrés à la clinique lors de sa première cure. Je ne sais pas si ça leur importe, mais il écrit des pièces de théâtre.

Un quatrième policier sort de la chambre de la petite sœur. C'est une jeune femme. Elle semble à peine plus âgée qu'elle. Je l'entends dire qu'elle a fini de fouiller sa chambre. Qu'elle n'y a rien trouvé qui pourrait les intéresser.

Les quatre policiers se tournent vers moi. Ils pensent peut-être que je suis plus fort que notre Sophie. Ils ont tort. Elle a toujours été la plus solide de nous quatre. Je n'ose la regarder, de peur de constater l'avoir perdue en même temps que la petite sœur.

Ils nous annoncent qu'ils doivent nous auditionner dans l'après-midi pour reconstituer son emploi du temps.

Avant qu'ils ne s'en aillent, je leur dis que j'ai besoin de savoir. Je veux savoir ce qu'il s'est passé. Ils se regardent, semblent hésiter.

L'un d'eux fait un pas vers moi.

Et tout s'effondre.

À la clinique, les patients sont tous au courant de leurs maladies respectives. Personne ou presque ne tait la raison de sa présence. C'est nécessaire. C'est vital. Ici, les pensionnaires sont constamment mêlés les uns aux autres. Ils échangent leurs techniques de sevrage comme leurs habitudes de rechute. En désintox, les notions de force et de faiblesse se confondent.

Psychiatres, aides-soignants, malades… tout le monde sait pourquoi la petite sœur est ici. Mais personne n'y comprend rien. Car lors de cette première cure, elle parvient encore à s'extirper de la totalité hermétique que constitue la désintox. Elle est une parenthèse extraordinairement fraîche, un interlude jamais vu sous la pénombre des univers. La petite sœur connaît tout le monde et tout le monde la connaît. Lorsque je lui rends visite, elle m'abandonne souvent au détour des rosiers du jardin pour rejoindre un autre patient. Elle aime s'émouvoir longuement, sincèrement, des souffrances comme du bonheur des autres. Le reste de son temps, elle le passe à dialoguer avec les médecins en termes scientifiques de la maladie dont elle souffre. Lors de nos entretiens avec eux, ils me confient en aparté qu'elle les impressionne par l'étendue de ses connaissances. La petite sœur est en troisième année de médecine. De ce fait, elle a droit à des permissions plus longues et plus fréquentes que les autres, pour suivre ses cours ou passer ses examens. Pour qu'elle puisse réviser, les antidépresseurs sont moins dosés chez elle. La petite sœur est moins imbibée de torpeur aride. Grâce à elle, toute la journée, des notes de musique classique résonnent dans les couloirs et les têtes se tournent et les visages éteints s'éclairent un peu à leur passage.

Tout ceci contribue à fonder sa différence, à la placer à part, en dehors, au-delà de la masse argileuse des pensionnaires. Toute l'ambiguïté de la personnalité de la petite sœur, à la fois jeune et très vieille, prend une dimension nouvelle au sein de cette clinique. Elle connaît tout le monde mais ne ressemble à personne. Elle a des privilèges jalousés mais une attitude humble qui rassure.

Elle a tout pour réussir mais s'est égarée comme les autres.

Alors elle devient peu à peu un enjeu pour l'ensemble de la clinique, soignants comme patients. Elle confère une valeur à l'œuvre des premiers et de l'espérance à la lutte des seconds. Une rumeur se répand, féline, comme une traînée de poudre entre les âmes amputées : si la petite sœur n'est pas à l'abri de l'addiction, personne ne peut l'être. Si elle n'est pas sauvée, personne ne doit l'être.

Lors de mes visites, je constate que les personnes qui défilent dans sa chambre pour la saluer repartent avec une étrange lueur incrustée dans le fond du regard. Comme une irradiance qui semble dire : il faut à tout prix qu'elle s'en sorte ! Il faut qu'elle puisse vieillir en paix à nouveau. Sinon, il n'y aura plus lieu, jamais, de se battre pour une certaine idée de la dignité humaine.

C'est soit elle, soit se taire.

Lors de cette première période d'hospitalisation qui dure deux semaines, la petite sœur figure toute la folie d'un idéal partagé. D'un espoir inconnu.

la petite sœur pour toujours

Overdose.

Avant de s'en aller, les policiers nous ont annoncé que c'est la cause la plus probable de la mort de la petite sœur. Puis ils sont partis en nous souhaitant beaucoup de courage. Et, à leur suite, elle s'est abattue d'un coup.

La solitude immense.

Une overdose. Je me réfugie aux toilettes. Je m'effondre. Des larmes coulent de mes yeux qui brûlent, tout mon corps est secoué de tremblements violents. *Overdose.* Ce mot percute tout l'intérieur de mon crâne, en démolit les parois, il le transperce de l'intérieur. Il dit à lui seul tout de l'horreur qu'ont dû être les derniers instants de ma petite sœur. On n'a pas réussi, on a échoué, la petite sœur est morte d'une overdose. Tout son combat, toute la bravoure dont elle aura fait preuve pendant ses deux années de lutte, tout ça n'aura servi à rien.

Overdose.

Ce mot me fait atrocement mal.

La petite sœur a fait une overdose et je n'étais pas avec elle, elle est morte seule, toute seule, terrifiée peut-être d'être si seule. Je n'étais pas là, je n'ai rien pu faire. Elle a fait une overdose loin de nous, loin de tout, loin de moi. Courbé sur la cuvette, je vomis. Le ventre transpercé de douleur.

J'ignore ce qu'est le courage.

La petite sœur n'avait en rien compris à quel point ce voyage était important. Durant les six heures de vol qui séparaient Abidjan de Paris, elle était aussi capricieuse qu'un vieux peintre arraché trop tôt à la toile de sa vie. Notre mère n'avait pas pensé à prendre le papier et le crayon. Alors la petite sœur pestait contre cet affront impardonnable en maugréant de sa voix caverneuse des malédictions prophétiques. Elle ne se rendait pas compte que, notre mère, déjà au bord de l'évanouissement, était en train de mourir. Une pleurésie purulente, exactement comme notre père. Ma mère n'était pas moins fière que lui mais elle savait que si elle mourait, nous serions tous les quatre orphelins. Elle avait donc fait le choix de revenir en France pour se soigner, pour se sauver elle-même autant que pour nous sauver nous d'une solitude aride.

À Paris, on avait trouvé un univers inconnu avec la petite sœur. Ça tenait aux immeubles haussmanniens qui n'existaient pas en Afrique et dont la pierre comme la figure paraissaient désolées. De ce voyage à Paris, elle avait retenu ce que l'Afrique lui masquait jusque-là : les rideaux d'or accrochés aux fenêtres, les meubles anciens, les livres de cuir qui racontaient des histoires d'avant les Hommes, et même des histoires d'avant l'Histoire, disaient ensemble, d'un même chant clair, le milieu grand-bourgeois d'où venait notre mère et où la petite sœur évoluerait bientôt avec aisance. Où toutes les carrières étaient longues et brillantes et s'accomplissaient aussi facilement qu'une huître fait sa perle, où il ne pouvait y avoir de problème puisqu'il y avait de l'argent. C'était pour le moment un langage malappris, qu'elle ne maîtrisait pas. Peut-être plus tard, sûrement, elle parlerait cette langue que l'Afrique ne lui enseignait pas et, dans quelques années, elle se dirait qu'elle devrait être la plus belle, la plus drôle, la plus intelligente, la plus sportive, la plus tout. La petite sœur luttera contre tout Paris car ce sera ainsi son commandement : ses notes seront excellentes, ça ne basculera pas ; elle remportera toutes ses compétitions de natation et rien ne basculera ; la *Lettre à Élise* sera pianotée sur l'ivoire du grand piano et ça ne basculera pas encore. Fin de l'Afrique, la petite sœur écoulera son existence dans la lignée des ans qui défileront irrémédiablement : onze, douze, treize d'entre eux, vidés dans l'estuaire du temps. Elle vieillira trop vite à mon sens, sa vieillesse prendra des allures de course obstinée, elle courra après la satisfaction des choses jamais accomplies, jamais réalisées, disputera un bonheur qu'elle ne pourra pas atteindre. Seulement plus tard, non pas alors quand notre mère était malade, bien trop malade. Je n'avais vraiment réalisé qu'une fois adulte à quel point elle avait failli mourir. Seulement plus tard aussi, dans quelques années, l'appartement de Papou et Mamine, à deux pas de l'Assemblée nationale, refuge pour nous échoués, deviendra le centre de notre vie parisienne. Des rires fuseront à travers la cuisine carrelée, au-dessus d'assiettes pleines de plats en sauce. Tout l'après-midi avec la petite sœur, on le passera à se jeter des oreillers à la figure, à courir parmi les dorures. À l'avenir, elle rira à gorge déployée devant le glissement tendre de ces journées du dimanche, chaudes et sensitives, et leur force épidermique. Il ne sera pas encore l'heure pour les questions qui rouilleront la petite sœur. Du quartier des Invalides jusqu'au Champ-de-Mars, elle se contentera de vivre et de resplendir entre les balcons de fer forgé et les gargouilles, resplendir comme une enfant. Au long de son monde de vieilles pierres, elle se bâtira tout un tas de paysages imaginaires, construits bout à bout, inventés de toutes pièces, montés des briques ouatées de ses rêves vivants. À l'hôpital, on tentait d'aller voir notre mère le plus souvent possible. Elle avait récupéré lentement, avec effort. Et puis, petit à petit, elle était parvenue à guérir. Alors la petite sœur était retournée vivre en Afrique avant Paris qui s'annonçait, pour quelque temps de vieillesse monolithique encore.

la petite sœur pour toujours

J'ignore ce qu'est le courage. Mais je l'ai compris en entendant notre Sophie, alors que je vomissais dans les toilettes, incapable de bouger, incapable de rien, prendre l'initiative aveuglante d'appeler notre mère pour lui annoncer la disparition de la petite sœur. Son injustifiable aussi.

J'ignore ce qu'est la solitude. Mais j'en ai décelé certains contours en imaginant notre mère, seule en Guadeloupe pour son travail (l'autre bout du monde), qui apprend la nouvelle à six heures du matin et qui doit, seule à nouveau, revenir à Paris afin d'endurer la perte de sa fille.

J'ignore ce qu'est l'amour. Mais j'ai deviné sa présence dans la voix à la sonorité d'averse de ma mère qui, au téléphone, me dit que ça va aller, qu'elle m'aime tellement…

Pour la première fois de ma vie.

La petite sœur regarde par la fenêtre. Elle songe. Son front touche presque la vitre. Dans le taxi, elle sent la froideur du dehors se calcifier en strates fumeuses sur le grain de sa peau nue. Elle songe à notre Sophie. Elle pense aussi à sa mère et au mensonge qu'elle lui a inventé juste avant de descendre s'aligner une trace de coke dans le local poubelles. Et elle éprouve à cet instant même, et à l'heure dite, et à leur endroit, une tendresse de feu, comme quelque chose d'insulaire perdu au milieu de l'océan blanc de la cocaïne.

Elle prie pour n'être jamais redécouverte.

On est un peu moins d'un an avant sa première désintox. Mais la petite sœur ne peut déjà plus s'en empêcher. Il n'est plus question ni de fête ni de tristesse. Ce qu'elle recherche, c'est leur confrontation. Ce qu'elle veut, c'est que de la rencontre de ces deux violences émerge une jeunesse essentielle.

L'effet de la came se dissipe un peu maintenant, à cause du froid. La petite sœur sent tout son corps commander un deuxième rail. Elle sent qu'elle se remet à vieillir. Il faudrait arriver. La voiture s'immobilise.

La petite sœur marche, elle arpente la nuit blanche. Ses pas résonnent et leur bruit immobile mure les façades hautes.

Elle pénètre dans l'appartement et va droit à la cuisine. Là, elle sort un petit sachet plastique de sa poche et répand de la poudre sur la table. À l'aide de sa carte de crédit, elle dessine deux petites lignes. Elle aspire la première à l'aide d'un billet enroulé sur lui-même et laisse l'autre à son hôte.

Et voilà… enfin… jeunesse rétablie. Tout s'apaise. Le doute s'évapore. La culpabilité aussi. Fini, terminé. Terminé d'avoir aussi mal. La petite sœur ne pense plus à rien. Elle laisse la coke penser pour elle et elle se met à parler. Qui est cet homme avec elle… ? Où se situe ce lieu… ? Quelle importance. Elle réimprime une ligne blanche sur la carrelure vierge de la table. Elle ressent un léger picotement dans le fond des narines. Un goût d'essence lui submerge la bouche.

Mais elle n'arrive pas à s'interdire de penser à sa mère, à notre Sophie. À tous ces mensonges qu'elle est obligée de leur sortir à chaque fois qu'elle veut taper de la coke le samedi soir.

Alors elle reprend une nouvelle trace. Puis une autre. Et une autre. Une autre, une autre et encore une autre... pour sombrer dans l'oubli. Et bien vite, sans qu'elle le remarque, le jour est arrimé au ciel.

La petite sœur n'a plus de vin blanc et elle n'aime pas la bière qu'on lui propose. Elle n'a plus de cigarettes non plus. Elle demande à son hôte de l'accompagner dans le tabac en face pour en acheter. Il accepte. Ils sortent.

La petite sœur et l'homme sont éblouis par la lumière abondante. Le plein jour tranche avec l'obscurité de la pièce. Dehors, la vie de Paris est naturelle et fluide. Les passants ne font presque pas attention à la petite sœur. À peine certains remarquent-ils qu'elle semble épuisée, mais sans y prêter vraiment attention. Un peu comme on fait avec les figurants d'un film.

Le bureau de tabac se trouve de l'autre côté de la rue. La petite sœur fait un premier pas. Elle se sent bizarre, inconfortable. Elle en fait un deuxième et chavire. Tout l'alentour se pare instantanément d'une teinte de ténèbres. Le souffle lui manque, la trame du réel s'effrite, les grands immeubles se rapprochent, la corsètent presque. Ils l'étouffent à présent (ils sont si grands, la petite sœur à leurs pieds). Elle a peur, elle pleure, elle est allongée sur le dos par terre. Dans la rue, son cœur nu, détaché de son corps, bat trop vite. En tournant la tête, elle a le temps de voir l'homme qui l'accompagnait s'enfuir en courant.

Elle croit qu'elle va mourir…

Les immeubles immenses finissent de l'ingérer.

la petite sœur pour toujours

C'est ma tante qui arrive la première à la maison, puis le reste de la famille et les amis. Ils sont tous des parcelles d'inimaginable légèreté, barrières magnifiques à cette douleur bien trop lourde. Je suis épuisé par elle, je demeure assis sur le sol de ma chambre sans parvenir à faire le moindre geste. Je n'ai plus la petite sœur, je n'ai plus rien.

Elle ne vieillira plus jamais.

Je serre contre moi le recueil de poèmes qu'elle m'avait offert. *Alcools* d'Apollinaire. Je relis encore et encore, je relirai toujours, tous les soirs avant de m'endormir, la note qu'elle a écrite sur la page de garde. Plus que tout, c'est cette inscription qui m'est précieuse car ses mots transportent en eux ses révoltes, son silence, son instinct de vie, son intelligence, sa mémoire, sa tristesse, son élégance, sa bravoure. L'infinité de son regard.

Ces mots qu'elle a écrits pour moi sont ses soldats sans drapeaux qui me refusent son absence, un trésor plus rare que mille univers. C'est entendre de nouveau sa voix résonner au fond d'un livre. On croirait sa lumière imprimée sur des pages… simplement de petites lettres qui guillemètent une âme éperdue.

Ce qu'il manque aux livres de nos jours, c'est la Poésie.

Tu apportes des milliers de roses à ma vie.

Puis son prénom.

Le temps creusait lentement l'air dense des soirs ivoiriens. Quelques mois après la mort de notre père, la petite sœur ressemblait de nouveau à une vieille pierre, adoucie, bienheureuse. Notre mère aussi, bientôt, avait commencé à ne plus sentir la douleur qui pendant près d'une année avait maillé ses pensées jusqu'à se confondre en propre avec tout son être. L'alcool aidait un peu. Une fois Jeannette partie, notre mère nous autorisait à jouer dans le jardin avant d'aller au lit. Elle nous observait de loin, depuis la terrasse, nous amuser dans le feu couchant du soleil, un verre à la main. Les rencontres aussi. Elle s'était remise à sortir, petit à petit, à faire du sport. Notre mère était belle, aussi belle que l'Afrique, notre mère était intelligente, elle était chic, elle était blanche. Des têtes d'hommes se retournaient à son passage

– je me souviens maintenant de ces regards incisifs que je n'avais pas remarqués alors –, des imaginaires s'embrasaient et fondaient. Et, au bout d'un an, la nounou avait fini par lâcher dans l'incandescence timide d'un commencement de nuit que Madame (Jeannette appelait toujours notre mère ainsi) allait revenir avec un Noir à la maison. Jeannette, qui s'était beaucoup rapprochée de notre mère au cours de cette année, était sincèrement heureuse pour elle.

Jean-Claude n'était pas ivoirien mais camerounais, de l'ethnie Bassa. Un Camer, comme disait Jeannette, qui travaillait en Côte d'Ivoire à livrer des bouteilles de soda aux restaurants d'Abidjan. Notre mère l'avait rencontré à son cours de judo, l'emploi précaire de Jean-Claude l'aidait à payer ses entraînements. Il ne le savait pas encore, mais il allait participer deux fois aux Jeux olympiques. J'ignore combien de temps ma mère avait attendu avant de nous le présenter. Elle avait semblé particulièrement attentive à l'éventuelle réaction négative de la petite sœur. Elle savait pertinemment qu'elle était la plus sensible d'entre nous, donc la plus intransigeante. Mais la petite sœur avait accepté le nouveau venu sans aucune difficulté. Alors Jean-Claude s'était mis à nous accompagner partout, et tout le temps : au judo à la sortie duquel il nous achetait toujours des jus de bissap frais, à l'école où il nous conduisait en voiture en prenant soin d'éviter les zébus qui s'allongeaient en travers de la glaise défoncée, lors d'une croisière sur la lagune d'Abidjan à bord des pinasses, des barques ivoiriennes à fond plat, en randonnée en forêt du Banco au nord de la ville, et à la plage de Grand-Bassam au sud, où on jouait avec lui dans les vagues. Sur le chemin du retour, Jean-Claude écoutait des disques de Bob Marley à fond et n'avait aucune gêne à chanter plus fort que la musique, ce qui amusait beaucoup la petite sœur. Et puis, notre mère et lui s'étaient mariés. La cérémonie avait eu lieu au consulat de France à Abidjan et la fête à la maison, dans notre grand jardin. La petite sœur portait une robe légère à carreaux bleus et blancs, et des ballerines noires ; ses cheveux, coupés très court, formaient un petit bol sur sa tête. Au milieu de la foule, son regard ténébreux rayonnait d'une teinte inaccoutumée : ça faisait près d'un an qu'on n'avait vu personne chez nous, à part Jeannette et Jean-Claude. Au-dessus d'elle, les flamboyants, des arbres d'ici, la couvaient de leurs fleurs orangées qui ressemblaient à des flammes. Et comme le vent était trop fort ce soir-là, partout, il s'était mis à pleuvoir des étincelles.

la petite sœur pour toujours

L'équipe de policiers en charge des enquêtes sur les overdoses en région parisienne est appelée « l'unité Surdoses ». Les policiers qui étaient là ce matin en font tous partie. Ce sont eux qui nous reçoivent dans leur bureau.

Ils débutent en nous posant des questions sur les fréquentations de la petite sœur, sur nos derniers moments ensemble, sur ce que nous savons de Frédéric et de leurs consommations, à lui comme à elle. Nous leur racontons que la petite sœur en avait assez, qu'elle voulait s'en sortir, qu'elle venait de terminer deux cures de désintoxication et consultait deux psychiatres en même temps. Nous leur disons aussi qu'elle avait abandonné l'appartement dans lequel elle vivait seule pour revenir vivre avec nous, là où elle pensait que la tentation serait moins forte, ainsi que pour s'éloigner d'un ex-petit copain violent. Enfin, notre Sophie leur parle de la Guadeloupe : elles y sont allées toutes les deux pour passer deux semaines avec notre mère. Une cure de désintox à ciel ouvert. Notre Sophie leur raconte que le séjour fut merveilleux et doux.

La relation de notre mère et de la petite sœur s'apaisait. C'est un autre signe qu'elle allait mieux. C'est une autre marque de cette injustice.

Je leur dis à mon tour que je connais Frédéric, que leurs rapports étaient de nature purement amicale, qu'il est père d'un petit garçon, que je l'ai rencontré en allant rendre visite à la petite sœur à la clinique où il était aussi pensionnaire pour addiction aux opiacés. Qu'il l'aidait beaucoup, là-bas, à surmonter sa tristesse. Que je l'aime bien.

Les policiers chuchotent entre eux. Je n'entends rien de ce qu'ils disent, et quand bien même, je ne comprendrais pas ; ils sont loin, si loin. Ils ont beau s'acharner à élever la voix et moi à tendre l'oreille, mes tympans sont comme embrumés, recouverts d'un voile. Leurs voix ne seront jamais assez puissantes pour couvrir tout ce que cette pièce contient de terreur silencieuse.

J'entends si peu tout ce qu'il y a, je suis comme sourd. Malgré les cris qui enveloppent toute la Terre, je n'entends plus rien... J'entends si peu notre Sophie que je pourrais la croire éteinte. Elle-même se contorsionne à chaque fois que le nom de la petite sœur est prononcé. J'avais cru au départ que c'était parce que ça lui faisait mal. Mais en réalité, elle tend l'oreille pour tenter de discerner les paroles sous cette cacophonie éteinte. C'est ça, la douleur : ce n'est pas du bruit, ce n'est pas du fracas. C'est un silence écrasant.

Je pense qu'il faudrait comprendre pour que tout sonne à nouveau. Comprendre comment l'impossible a pu instantanément devenir tout ce réel. Comprendre, c'est déjà lutter. Ici, je ne peux comprendre le saisissement de ces avenirs qui ne vont plus jamais éclore. Ils sont trop pour être possibles.

Les policiers nous rendent le sac de la petite sœur trouvé à côté du lit dans lequel elle s'est endormie pour la dernière fois au creux des bras sombres d'une nuit.

Si jeune. Ils nous disent qu'ils sont habitués. Mais si jeune…

Il semble que l'habitude ne peut rien contre tant de beauté ensommeillée.

Mais les policiers se trompent.

Rarement elle ne fut plus vieille.

J'arrive à l'hôpital Georges-Pompidou avec ma mère dans la soirée. La petite sœur est allongée sur un lit blanc, en talons hauts et jean noir. Elle fond en larmes quand elle nous aperçoit. Elle est si déçue d'elle-même, elle s'en veut tellement.

Elle est interrompue par le médecin qui passe programmer un scanner afin de vérifier que son malaise n'a pas entraîné de séquelles cérébrales. On patiente dans le couloir. Elle finit par quitter l'hôpital après deux jours en observation. Il n'y a aucune conséquence grave pour son cerveau. Ce malaise représente un premier avertissement. Qu'elle ignorera.

Et cet homme qui l'a abandonnée là, en plein sur le trottoir. J'ignorais tout de son existence, de sa présence dans son entourage. Comme notre mère, qui a découvert sa consommation de cocaïne quelques semaines plus tôt, questionne ses amis, les vrais, la petite sœur les voit moins. Et elle se met à fréquenter des fantômes.

La petite sœur est toxicomane.

Elle est déjà toxicomane avant de terminer la trajectoire d'une de ses soirées de défonce dans cet hôpital. Elle l'est avant d'être internée en clinique de désintox. Son internement, son malaise, la découverte de son trouble bipolaire... tous ces évènements ont matérialisé sa toxicomanie. Ils ne l'ont pas fondée. Pendant toute la période qui les précède et au sein de laquelle cette nuit à l'hôpital s'inscrit pleinement, ma petite sœur est toxicomane et je ne me l'avoue pas. Je n'ai pas honte, j'ai peur. Il faut dire que sa maladie n'est pas arrivée d'un seul coup, du jour au lendemain, dévastatrice, renversant tout tel un boulet de canon. Elle s'est installée dans nos vies, dans sa vie, en douceur. Elle s'est aménagé une place bien au chaud sans que personne, y compris moi, remarque rien. Elle s'est infiltrée par tous les pores de son être comme la pluie s'infiltre dans la terre, peu à peu intéressée par toutes les choses de la petite sœur. Par toutes ses humeurs, ses désirs, ses gestes et ses pensées. Sans jamais éveiller l'inquiétude ni le soupçon. Il faut dire aussi que la petite sœur ne colle pas à l'image que l'on se fait des toxicomanes. Elle n'est pas à la rue, elle a toutes ses dents, elle ne perd pas ses cheveux ni ses ongles, elle n'a pas de traces de piqûres sur les avant-bras ou entre les orteils. Elle est intelligente, belle, cultivée, elle fait des études de médecine, elle vient d'un milieu aisé, elle est bien insérée socialement, entourée de ses nombreux amis et de sa famille… Et pourtant elle est toxicomane. La réalité de sa maladie ne la défigure pas. Elle brûle en elle, la dévore à petites bouchées comme un feu intérieur vorace et assourdi. Elle n'est jamais devenue une autre, une personne différente, déracinée. Elle a continué, pendant longtemps, à vivre comme si de rien n'était. Tant bien que mal. En apparence rien ne change pour la petite sœur, mais à l'intérieur tout s'effondre dans un fracas de glacier qui se fend. Tout s'écroule sous le poids de cette jeunesse maladive.

Ma petite sœur est toxicomane. Elle n'est pas polytoxicomane : à ce stade, elle ne consomme plus que de la cocaïne. Les autres drogues, alcools et pétards surtout, ne servent qu'à sublimer ses défonces de C.

Ma petite sœur est toxicomane. Elle l'est ce soir qu'elle passe à l'hôpital à cause d'un malaise dû à la cocaïne. Elle le restera à sa sortie dans deux jours et pour de nombreux mois encore. Sans que je puisse jamais rien y changer.

Toxicomane. Camée. Consommatrice. Toxico. Junkie, addict, accro, tox, droguée… les mots ne manquent pas. Pourtant je ne peux jamais nommer la maladie de la petite sœur. Je ne peux rien en dire parce que je n'y comprends rien. Je ne sais même pas que c'est une maladie. Je crois toujours que les toxicomanes sont faibles et qu'ils devraient en être honteux. Au sein de cette société qui valorise la force, je ne les perçois que comme des lâches qui passent volontairement à côté du monde. Je pense encore qu'ils font ça rien que pour nous faire chier, nous, les normaux, les sains, les beaux, les puissants et les puissantes. Nous qui n'avons rien à nous reprocher. Aucun défaut, aucune faiblesse, aucune tare, aucune cicatrice. Qu'ils ne peuvent pas, ne veulent pas. Et de toute manière, depuis le début, qu'ils n'avaient qu'à pas. Qu'on ne récolte que ce que l'on sème. Je pense qu'ils n'en ont tout simplement rien à foutre et que tout ce qui leur arrive est finalement bien fait pour eux.

Ma petite sœur est toxicomane. Je ne peux pas l'imaginer, ça me passe au-dessus, au-delà, au travers.

Ma petite sœur est toxicomane et je suis d'une ignorance coupable. J'aimerais pouvoir dire que je suis un héros, que je sais ce qu'il lui faut, que j'ai la solution, que tout va bien se passer. Qu'elle n'est pas seule à combattre.

La réalité est que ce soir, à la sortie de l'hôpital, même si je ne le comprends pas, même si je ne le réalise pas, même si je le refuse, ma petite sœur toxicomane s'apprête à livrer la plus importante bataille de sa vieille vie, et je suis désarmé.

Ma petite sœur est toxicomane. Intensément et pour toujours.

la petite sœur pour toujours

Au commissariat, je pose une question aux policiers : je veux savoir si elle a souffert.

Ils m'assurent que non. Ils l'ont trouvée en pyjama, couchée sur le côté droit, le bras replié sous son visage comme à la première de ses inspirations. Elle se serait endormie sans se sentir mourir.

Je pense que les policiers nous ménagent. Mais les rapports d'autopsie démontreront que la petite sœur est morte vers cinq heures du matin, des suites d'une intoxication aiguë à un opioïde analgésique : la méthadone.

Ses poumons se sont figés les premiers et ont entraîné son cœur dans leur chute. Il a défailli peu de temps après, n'étant plus assez oxygéné pour continuer à battre. Une fois le cœur immobile, ses membres se sont mis à gonfler et ont bleui durant le reste de la nuit. Caractéristique symptomatique de l'absorption d'une dose létale de méthadone.

Instants d'une barbarie interdite.

C'est ici le monde qui prouve comment s'éteignent les jours.

À Abidjan, on croisait souvent, errant dans la rue, généralement nus, des fous, au sens propre du terme. Ils étaient craints et respectés en Côte d'Ivoire, il n'était jamais question de maladie mentale, plutôt de pouvoirs surnaturels. L'une d'entre eux s'était un jour emparée de la petite sœur à son retour de l'école et l'avait brutalement tirée vers elle en criant que c'était sa fille. Jeannette lui avait immédiatement assené une gifle sèche pour la faire lâcher, lui rétorquant que non, que c'était la sienne !

Tout le monde voulait la petite sœur pour soi. Mais je savais déjà intimement, profondément, jusqu'aux os, qu'elle n'était qu'à moi. Que son cœur d'aigue-marine battait dans le mien.

À Abidjan, pendant la saison des pluies qui durait six mois, la petite sœur aimait regarder les hirondelles. Elles zigzaguaient dans l'air du soir, juste au-dessus de la glaise détrempée et brûlante – vivement ! –, si bas qu'on en aurait cru de simples aspérités. Jeannette lui expliquait que lorsque les hirondelles faisaient ça, c'était pour annoncer le tonnerre. Jusqu'aux confins du cœur des Hommes.

C'était pendant la saison des pluies que le reportage était apparu à la télévision du grand salon. La petite sœur griffonnait ses mots dans un coin pendant que Jeannette regardait l'écran d'un air inquiet. Le cameraman avait fixé son objectif sur des soldats éloignés et un coup de feu avait claqué dans l'air. Plus qu'un cri, un souffle crispé avait retenti dans le micro et la caméra s'était effondrée. Des militaires rebelles venus du Nord de la Côte d'Ivoire et du Burkina Faso avaient lancé une offensive éclair sur les villes de Bouaké, Korhogo et Abidjan, et tenté d'en prendre le contrôle. Les aboiements cendrés de la guerre civile étaient arrivés jusqu'à nos tempes.

On avait dû fuir en France avec la petite sœur au moment où des morts ensanglantés avaient affiché leurs visages d'hécatombe en une des journaux.

Quelques mois plus tôt, notre vieille chienne Crapule était morte.

Et tout cela rendait ce monde un peu moins précieux.

la petite sœur pour toujours

Les soirs qui suivent notre audition à « l'unité Surdoses », je suis assailli par son image. Je ne parviens à m'endormir qu'assommé de médicaments. Je ne veux surtout pas rêver d'elle. Je ne veux plus jamais la voir en rêve. La mort de la petite sœur a fait voler mon sommeil en éclats. Je n'ai pas passé la nuit chez nous.

Arrivé devant la porte de l'appartement, je sais que ma mère est rentrée de Guadeloupe. Je redoute de rencontrer sa peine. Je sonne. Elle m'ouvre.

Ma mère éclate en sanglots dans mes bras. Elle a déjà tant supporté. Tant subi.

Je crois que c'est là son abandon.

C'est l'hiver, il fait froid. Une pluie fine rouille Paris. J'arrive assez tard devant la boîte. Il ne doit pas être loin de minuit. Le No – c'est son nom – à deux pas des Champs-Élysées. Je ne suis jamais venu ici. C'est la petite sœur qui m'a écrit un texto ; elle voulait que je les rejoigne elle et l'une de ses copines. J'explique au videur que je suis attendu, que mes amies sont déjà en bas. Il m'ouvre la porte. Une fois à l'intérieur, un beat tendre me parvient du sous-sol. Je laisse mon manteau au vestiaire. Dans la salle rouge au bas des escaliers, l'atmosphère chaude est constellée de notes d'une électro langoureuse. Des conversations émaillées de rires, des bruits de verres en cristal qui s'entrechoquent. Tout le monde est très chic. Moi pas assez. Dans le fond, le DJ penché sur ses platines paraît n'entendre ni ne voir personne. Derrière le bar illuminé de néons vifs, des serveuses se bousculent, empressées pour remplir les coupes d'un champagne doré. J'aperçois la petite sœur. Elle semble ravie de me voir, elle n'était pas certaine que je puisse entrer. Autour de nous, les odeurs de parfums et de maquillage se mêlent à l'humidité des corps. La petite sœur est habillée d'un jean bleu sombre et d'une chemise en soie noire transparente. Elle porte aussi du rouge à lèvres. Le rouge s'est déposé sur le pourtour de son verre. Elle se penche vers moi et me murmure quelque chose que je fais semblant de comprendre au milieu de la rythmique de Paris en fête. J'esquisse un sourire. Bien avant son malaise et sa nuit à l'hôpital, on sort encore ensemble, la petite sœur et moi. On n'aime pas les mêmes endroits ni les mêmes personnes. Elle aime le chic, le classe, le guindé ; moi je préfère l'authentique, le bon marché, l'*underground.* Mais on aime bien être tous les deux. Au milieu des interdits. Notre Sophie et mon grand frère Francis ne font jamais la fête. Notre mère non plus. On est juste tous les deux. Elle et moi. Cernés par tous ces trucs dorés, cette musique ronde, ces filles en jupe qui me font tourner la tête et ces garçons en chemise qui font vibrer la sienne. Tous de si jeunes inconnus.

La petite sœur tient sa flûte de la main gauche. De la main droite, elle se gratte sans cesse le nez, renifle, se frotte les narines du bout des doigts. Ces gestes ont quelque chose d'incongru, de déplacé, de mal fini chez elle toujours élégante. Ils forcent le trait, symbolisent sa vieillesse en dissidence.

La petite sœur fait un léger signe de tête à son amie qui la suit vers les toilettes. Je me tourne vers les filles du bar. Rien d'autre que du champagne. Je commande une coupe. La petite sœur et son amie reviennent. Elles se pincent le nez toutes les deux. La petite sœur range sa carte de crédit dans son sac à main. Ce lieu invite à taper de la coke, il paraît conçu pour ça. Elle m'entraîne vers l'arrière de la salle. On se met à discuter. Elle parle vite, entrecoupe ses tirades de pincements de nez frénétiques. Elle ne me regarde pas dans les yeux, ses pensées s'enfuient à tire-d'aile, elle n'arrive pas à stopper leur flot inlassable. J'entends mal ce qu'elle me dit, la musique est trop forte, la foule trop fervente. La petite sœur disparaît à nouveau avec son amie dans les toilettes. Quand elle en ressort, je ne parviens plus à la différencier des autres filles de la boîte. Elle se met à danser. Un peu. Elle rit aussi. Elle porte de plus en plus souvent la main droite à son nez et par instants regarde fixement vers les toilettes. Elle tire encore une fois son amie par le bras qui s'étonne qu'elle veuille déjà y retourner. La petite sœur approche son verre de ses lèvres mais il est vide. Elle murmure quelque chose à l'oreille de son amie qui lui glisse le pochon de cocaïne dans la main. Elle me propose un trait. Je décline. Elle s'en va. Elle revient quelques minutes plus tard. Son verre est plein. Le champagne en déborde presque. Elle sourit.

Elle rajeunit.

la petite sœur pour toujours

L'autopsie a été réalisée hier. Nous pouvons aller voir le corps de la petite sœur à la morgue. Mon grand frère Francis va y emmener notre mère et Jean-Claude. Il me propose de venir avec eux.

Je refuse. Tout comme notre Sophie.

Évidemment que je refuse.

À leur retour, je demande à Francis comment ça s'est passé. Il me répond que ça a été. Que c'était comme si elle dormait. Des larmes s'étaient formées dans les yeux couleur vert d'eau de notre mère, et reflétaient un bonheur à jamais disparu. Des siècles de vie s'étaient contractés pour y tenir.

Tout avait commencé par une dispute. La nuit dehors avait continué à la manière d'une fatalité nue et seul le souffle du vent brisait l'immobilité du soir sans fond. Mais à l'intérieur, les adultes continuaient de pousser leurs cris insensés. Allongé sur mon matelas, je ne bougeais pas. La petite sœur, du fond de son lit, ne remuait pas non plus. La relation de notre mère et de Jean-Claude s'était compliquée depuis qu'on habitait à Paris. Mais on avait l'habitude de ces conflits récurrents, notre Sophie, la petite sœur et moi. Francis était déjà parti vivre en internat, alors j'allais souvent dormir dans leur chambre et on tentait à chaque fois, ensemble, de faire comme si de rien n'était.

Les cris avaient repris leur éclat à côté, puis soudain un bruit sourd, comme la chute d'une grosse pierre, et notre mère qui s'était mise à hurler au secours. J'aurais dû me lever, je m'en rends compte maintenant, mais je n'y arrivais pas. Du haut de mes dix ans, j'étais comme paralysé par la peur, j'espérais juste que le silence pourrait m'extraire loin de cette nuit qui ne pouvait se dormir.

Un nouvel appel à l'aide avait retenti. J'avais pensé un instant à me saisir d'un couteau pour me ruer au salon, mais c'est notre Sophie qui avait fini par percer l'étuve de ce temps qui ne défilait plus. Elle s'était levée, notre petite courageuse, et était allée voir.

Elle avait découvert Jean-Claude qui maintenait notre mère au sol et cette dernière en pleurs qui l'avait suppliée de l'aider. Notre Sophie avait alors crié à Jean-Claude de lâcher sa mère. Il avait obtempéré mais s'était justifié en disant que c'était elle qui avait voulu le frapper en premier, qu'il n'avait fait que se défendre. Je n'en doute pas une seconde.

À l'arrivée définitive à Paris, je m'étais difficilement résigné à cette vie nouvelle même si je savais pertinemment que l'Afrique n'avait plus d'espoir immédiat. La petite sœur semblait mieux s'accommoder, elle était plus malléable à son âge. Notre mère était comme moi, elle se faisait très mal à l'étroitesse de l'appartement, à l'absence de bougainvilliers si pleins de fleurs qu'on aurait dit qu'ils flambaient sous leur poids. Et puis ma mère buvait, elle buvait déjà en Côte d'Ivoire, elle avait commencé après la mort de notre père. Mais la cadence s'était accrue à Paris, l'alcool s'était mis à tout compliquer. Son mariage avec Jean-Claude surtout, qui avait aussi été ébranlé par le fait qu'il avait fait venir sa fille, née d'une première union au Cameroun, pour habiter avec nous. On l'aimait bien, la petite sœur et moi, mais notre mère, elle, ne la supportait pas. Et lorsqu'elle avait bu, elle devenait cruelle avec elle. Saoule, elle l'avait réveillée une nuit en lui donnant un coup de théière.

Notre mère et Jean-Claude avaient commencé à se disputer de plus en plus fréquemment et violemment. La police se déplaçait souvent, prévenue tour à tour par des voisins, notre mère, ou Jean-Claude. Les bruits en saccade des radios policières qui grésillaient étaient à peine éclipsés par les cris de notre mère et de Jean-Claude. Ils l'étaient encore moins par les soupirs larmés de la petite sœur qui, blottie dans un coin, sanglotait toujours sans un bruit.

Très vite aussi, Jean-Claude avait entamé des périodes d'absence plus ou moins longues, ne s'occupant ni de sa fille, ni de nous quatre, ni de notre mère. Comme ce soir de Noël alors que la petite sœur avait huit ans. Notre mère, qui avait bu, avait fondu en larmes d'une seule traite car Jean-Claude passait les fêtes avec sa famille camerounaise présente en France. Elle avait décidé qu'on devait le rejoindre et on avait fêté Noël coincé dans les embouteillages du boulevard périphérique, notre mère, à moitié saoule et en larmes au volant, qui crachait des insultes à Jean-Claude dans son téléphone portable.

Durant les absences de Jean-Claude, notre mère ne se laissait plus vivre : elle buvait, et buvait, et buvait encore. Lorsqu'on ne la retrouvait pas, gueulant d'ivresse, allongée à même le tapis du salon au milieu des canettes de bière vides et des tablettes d'antidépresseurs éventrées, elle nous suppliait, ivre d'alcool et de chagrin, de téléphoner à Jean-Claude pour lui dire de revenir passer la nuit à ses côtés.

Mon beau-père qui s'éloignait, c'était le deuxième amour que notre mère était en passe de perdre, et elle le pleurait comme elle avait pleuré le premier. Mais elle n'avait pas su, cette fois, nous le dissimuler. La petite sœur avait été placée, bien malgré elle, au centre des tristesses de sa mère, préservée de rien, témoin de tout, noyée sous ses larmes. Pendant des mois et d'autres mois encore, ça avait été comme ça : notre mère pleurait sans prévenir, elle pleurait comme un crépuscule, inondait notre vie de ses larmes tropicales, elle pleurait si fort que la carnation de ses joues s'en trouvait changée, ses pleurs emportaient avec eux le teint de son visage comme le font les torrents, et le visage écumeux de la mère était secoué des trémulations de son désespoir. La petite sœur était face à cet amour mis en tombe, ses larmes accompagnaient celles de sa mère dans la jungle des amours mortes, et elle avait alors compris que ça n'était rien d'autre que l'action immodérée de la vie sur l'âme humaine.

Deux fois.

Notre mère a avalé des médicaments pour tenter de mettre fin à ses jours à deux reprises. La petite sœur, cette fois suffisamment âgée pour s'en rendre compte, avait à nouveau risqué de voir sa mère mourir.

Deux tentatives de suicide pratiquement successives.

Deux obscurs ratés.

La petite sœur en garderait, tout au long de sa vie, le cœur lardé.

la petite sœur pour toujours

Nous sommes allés ce soir annoncer à Papou, mon grand-père de quatre-vingt-douze ans, la mort de sa petite-fille. Je conduis la voiture dont le moteur vrombit de façon monotone. Dehors, derrière les vitres, Paris luit de son éclat de vieux cimetière.

Il a fallu lui assurer qu'il ne s'agissait pas d'un suicide. Il veut le paradis pour elle, il veut l'y retrouver. Comme si les attristés ne méritaient pas le ciel.

La mort de la petite sœur est aussi dérisoire qu'un paradis souhaité.

Moi, je ne peux m'empêcher de songer que les paradis des morts arrivent toujours trop tard. J'aurais voulu pour la petite sœur la vie et toutes ses couleurs. Je n'imagine pas d'autre paradis que vivre avec elle.

Ma mère est là, avec moi, dans l'habitacle où règne une pesanteur qui se tait. Je ne sais pas pourquoi, en cet instant, elle me parle de ça.

Elle me dit, tu sais Antoine, elle me dit qu'elle fut plus amoureuse de Jean-Claude que de mon père. Qu'au moment de la mort de ce dernier, les choses n'allaient pas bien entre eux. Qu'ils pensaient se séparer. Et puis après, elle a rencontré Jean-Claude. Il voulait un enfant avec elle. Elle a refusé. Qu'elle a fait des choses terribles à cause de lui, elle me dit. Terribles. Que c'est ça l'amour, que ça conduit à faire des choses terribles.

Je dépasse une orée de platanes muets. Il y a peu de monde dans les rues. La nuit a adopté la teinte belle et calme du silence. Dans un virage le vent caresse doucement la voiture au flanc. On est en octobre. Une prophétie de l'hiver qui s'en vient.

Je me gare. Le moteur est coupé. Ma mère ne descend pas encore. Elle reste, roide, elle reste et regarde fixement devant elle, se rappelle. Elle dit que si nous n'avions pas été là, Francis, Sophie et moi, elle dit qu'elle serait partie avec elle. Puis de nouveau, plus rien ne s'entend. Elle finit par ouvrir la portière. Elle sort et se dirige en chancelant vers notre appartement.

Il n'y aura plus jamais de sérénité pour elle.

Pas même celle des automnes d'ombres.

Comment la petite sœur se retrouve-t-elle propulsée aux confins de la nuit parisienne ?

Il y a, au commencement, une tristesse qui naît et se diffuse comme sécrétée par un organe invisible. Il faut remonter jusqu'à un autre hémisphère de sa vie pour bien en saisir l'origine comme l'importance. Une période déchirée, étrangère à tous les bonheurs, où sa mère tenta de mourir. La petite sœur est si vieille que cette tristesse eut le temps nécessaire pour macérer en elle. Pour la façonner d'une sensibilité rare. Bientôt, elle ne peut plus se départir de cette peine. Ça lui colle à la peau. À tel point qu'elle en fait des poèmes. Il y a les prétendus échecs, et la petite sœur fait des poèmes de ça aussi. Elle veut devenir vétérinaire, comme sa mère. Mais malgré son bac mention bien, on lui refuse son entrée en classe préparatoire. Notre mère ne lui cache pas qu'elle est déçue. Ma mère ne sait pas faire ça, dissimuler des choses comme les déceptions.

C'est comme ça, finalement, que tout commence pour la petite sœur. Par cette mélancolie que rien ne rattrape. L'échec de la prépa représente ainsi la première fois qu'elle éprouve l'appel de la nuit.

Or, depuis sa fenêtre, la petite sœur observe Paris allumer ses feux de géante tous les samedis soir. Elle n'a que dix marches à descendre pour découvrir la fête, les clopes, les *happy hours*, les mecs, les boîtes de nuit… qui l'accueillent à bras ouverts. Rien d'anormal. Sauf qu'il y a cette tristesse cachée, cette solitude d'éclipse. Les premiers alcools s'enchaînent, puis d'autres, plus forts. Et puis, bien vite, les premiers pétards. Rien d'anormal. Je le sais : je suis passé par là. La vie est une découverte. Mais la petite sœur n'est pas comme moi. Elle n'est pas comme tout le monde : elle se trouve bien plus vieille que la plupart des Hommes.

Aujourd'hui, on est assis à la terrasse d'un café de Montparnasse. On attend le début de notre séance de cinéma. *Conjuring 2*. Un film d'horreur.

On aime bien, la petite sœur et moi, aller voir des films d'horreur au ciné. C'est la fin de la journée. Le crépuscule répand une lumière d'ambre sur Paris. Elle m'avoue qu'elle a essayé la MDMA quelques jours plus tôt. Elle sait que j'en ai déjà pris. C'est pour ça qu'elle m'en parle.

La MD se consomme sous forme de « parachutes » que l'on gobe ou que l'on dissout dans un verre d'alcool. Un dixième de gramme de came réduite en poudre et enroulée dans du papier à cigarette. La petite sœur avale son tout premier para lors d'une soirée au Badaboum, une boîte près de Bastille. C'est une connaissance à elle, une belle brune en talons aiguilles, qui le lui fournit.

Ce soir-là, son tout premier avec cette drogue, la petite sœur étincelle toute une vie. Une cigarette au bord de ses lèvres nimbées de rouge, elle se fond dans la grâce féminine de la nuit. Dans la moiteur du club, entre deux vagues sonores d'une deep house chaude, elle se tourne vers la belle brune et l'embrasse. La petite sœur n'est plus seulement elle mais devient désirable et sûre.

La D agit sur les neurotransmetteurs : sérotonine, dopamine, noradrénaline mais aussi ocytocine. Cette dernière est une hormone dédiée à l'affect et sécrétée lors de moments particuliers, comme la naissance d'un enfant ou l'orgasme. La consommation de MDMA induit sa libération incontrôlée dans le lobe frontal.

Cette géographie de la MD dans le cerveau se répercute dans la ville. Neurone de la grosse cervelle parisienne, la petite sœur fait circuler l'information de l'amour entre les rues sinueuses. Méandres de synapses humaines. Le Badaboum près de Bastille, mais aussi le Showcase sous le pont Alexandre-III, la péniche de la Concrète, le Matignon et le Baron près des Champs-Élysées… au contact des autres cellules du tissu nerveux parisien et de leurs influx, la petite sœur s'abandonne en cadence, vibre en harmonie, aime sans détour. Elle qui dit sans cesse manquer d'affection, la voilà qui découvre tout un paysage de sentiments non retenus. Et même s'il y a l'horizon du matin qui vient trancher la plénitude, la petite sœur – jeune et convulsée – veut se convaincre qu'il y a, dans ces plaines d'amour s'étendant à perte de vue, ne serait-ce qu'une part infime de réel.

la petite sœur pour toujours

La chambre de la petite sœur, dans l'appartement qu'elle habitait avec notre Sophie et moi. J'aperçois dans l'immeuble d'en face ce vieil homme encadré des nains de jardin de son balcon. Il sort tous les jours à la même heure et jette de là-haut un regard refroidi sur la rue. Aussi régulier qu'un vieux coucou, il apparaissait toujours au moment où la petite sœur révisait sa médecine. Elle avait pris l'habitude de faire une pause à ce moment-là pour l'observer et l'avait affectueusement surnommé son « pote de révision ». Lui ne l'a jamais remarquée. Le vieil homme s'en retourne chez lui, à présent. Je me rassieds pour terminer ma lecture.

Ce parafeur jaune, c'est le dossier médical de la clinique. Le compte rendu des deux internements quasiment successifs de la petite sœur. Elle a parlé de moi aux psychiatres. La description qu'elle leur fait de son frère m'amène un sourire. Elle a parlé d'elle également. Beaucoup. Elle leur a expliqué pourquoi elle se scarifiait. Parce que cela la soulageait de sa peine immense. Une tristesse à peine mesurable. Qui pourrait avaler un monde.

Comme elle. Comme elle le faisait.

Ça ronge, comme une pourriture de la chair. Un manque devient votre commencement et votre fin. Chaque jour, tous les jours ! On ne connaît pas autre chose. Il y a tout à la fois une tristesse brutale, désordonnée, et ce vide intense – je me saisis d'un rasoir.

Comme elle, comme elle le faisait. Il s'agit de reprendre pied dans le monde, de sentir à nouveau – je me colle la lame sur l'avant-bras. La chair tressaute au contact de l'acier froid : un indice de vie.

C'est la fin de la matinée. Je ne suis plus très sûr de ce que je fais : la bouteille de rhum est presque vide. La seule certitude qu'il me reste, c'est que la disparition de la petite sœur est irrattrapable.

Comme elle, comme elle le faisait... – j'appuie. J'appuie sur le manche du rasoir si fort que son acier pénètre ma peau nue. L'épiderme craquelle et se fendille, laisse le fer pénétrer profondément jusqu'à la deuxième couche. Un canal rougeoyant se forme qui cerne le gris acéré. Je relève la tête. J'expire. Mon regard se perd dans le vague.

Je pense à elle, fermement, à elle qui me suit où que j'aille dorénavant, à elle qui emplit le monde autour de moi de son absence, elle qui m'a quitté mais en même temps ne me quitte plus, je pense à elle, désintégrée, disparue, mais qui jamais ne parut plus intense qu'au moment de sa disparition – je crois à cet instant discerner son visage au bout de l'horizon de mon être –, à elle, hors de tout et donc hors de rien, car elle ne prit jamais autant de place dans mon cœur, à elle au-delà du temps, qui pourtant donne toute sa longueur à cette pauvre vie éloignée de ses yeux, je pense à elle, à elle, et encore à elle, à elle morte qui s'apprête à revivre.

Je fais glisser la lame d'un coup sec vers le bas.

Les chemins d'école en France étaient bien différents de ceux d'Afrique. Ils se contentaient d'être froids, remontés de nuit tel un fleuve d'Arctique.

Notre Sophie et Francis se rendaient dans une même école. La petite sœur et moi dans une autre. Une année durant on allait ainsi, deux par deux ; eux descendaient la rue, on la remontait. Je n'aimais pas ces départs : toujours trop tôt, toujours trop froids. Notre mère nous couvrait de vêtements pour y parer. Je n'appréciais pas tellement non plus le fait d'être engoncé dans de l'étoffe. En Côte d'Ivoire, j'avais l'habitude du short et du tee-shirt à même la peau, toujours impeccablement repassés par Jeannette. C'était le seul moyen de tuer les larves de vers qui s'y glissaient parfois et se nourrissaient de chair humaine en creusant sous l'épiderme.

Mais au moins j'étais seul avec la petite sœur.

Dès la sortie de l'immeuble, on trottinait tranquillement sur la route en se tenant parfois la main mais accompagnés de la vibration de Paris qui ronflait encore sous nos pas. Quelle preuve avions-nous à cet instant du temps qui passait sans se retourner ? Rien ne changeait jamais et on marchait, la petite sœur et moi, juste elle et moi, plus rien que nous, elle, vieille et nécessaire, et moi, temporaire et bienheureux au travers de cette durée intense. On faisait de ces minutes quelque chose de monarchique, d'aigu et d'insensé, quelque chose qui se mettait à nous appartenir en brut et qui ne relevait de rien d'autre que de ma main serrée dans la sienne, de son cœur dissous dans le mien. Il n'y avait qu'ici et maintenant et rien d'autre, plus jamais rien ailleurs. L'Afrique s'éloignait de plus en plus mais on continuait à marcher et la petite sœur continuait de vieillir. Des mois et des heures, des années et des heures, des années d'heures, et à l'adolescence la petite sœur glissait toujours sans bruit entre les hautes vagues de l'océan de la vie.

Pourtant son vieillissement silencieux serait ébranlé par un soleil. Toujours, en tout temps, les soleils firent s'assécher les océans trop humains. Notre mère croyait en effet qu'un soleil pouvait tout résoudre avec Jean-Claude. Celui de l'île de la Réunion lui rappelait le soleil africain : ils avaient la même texture. Elle avait demandé sa mutation et s'était installée sur l'île avec Jean-Claude et mes sœurs. Moi, j'étais resté habiter chez nos grands-parents avec mon frère. Et la petite sœur avait continué à grandir loin de moi, jusqu'à l'orée de ces continents qui s'étaient mis à nous barrer la route. Ma mère avait commis ici une erreur, accorder sa confiance aux soleils représentait sa faute éternelle. Elle s'en repentira plus tard, disant qu'elle n'aurait jamais dû nous séparer. Sur l'île, les choses s'étaient passées encore plus mal. La petite sœur me racontait, quand je les rejoignais pour les vacances, que le climat était invivable. Les parents s'insultaient, s'empoignaient, oubliant une fois de plus dans leur violence aveuglante qu'elle était présente à leurs côtés. Elle ne parvenait que de justesse à éviter les mots des parents, blessants et pointus comme des lances. Car l'île n'était pas assez grande pour lui permettre de se cacher et de ne plus rien voir, et de ne plus rien entendre.

la petite sœur pour toujours

La douleur fait passer un éclair dans mes pupilles instantanément écarquillées. Un filet de sang coule jusqu'à mon poignet. Les gouttes rampent le long de mon bras comme de gros insectes, passent sur la paume de ma main puis s'épanchent sur le sol. J'avale une goulée d'air : avant ça je ne respirais pas. J'ai mal, je sens. Je ne me suis pas changé en carcasse puisque je saigne. J'avais fini par le croire. Je repositionne la lame : il ne me faut que ma douleur. Juste moi et du sang.

Le reste n'est que prédation.

Voilà. Ça y est. Ça dure juste le temps d'un claquement de doigts, d'un coup de feu, d'un rire, d'un battement de cils. Je n'y suis pas. Je ne sais pas où ça se passe. Ni avec qui. Mais je me demande : comment, pourquoi est-ce que ça arrive ? A-t-elle demandé la première ou bien le lui a-t-on proposé ? Est-ce le début d'un roulement de tambour, d'une marche au pas cadencé, d'un vol qui ne peut mener qu'à une chute ?

Le choix de la petite sœur de prendre ce tout premier rail de cocaïne est-il son dernier pas au bord du gouffre ?

Très vite en effet, en quelques semaines à peine, la petite sœur se lasse de la D. Ces vies que l'on aime quelques heures à peine, sans vraiment les regarder. Avec qui l'on partage sa chaleur, ses fluides, sa transpiration, sa salive. Mais jamais ses terreurs. Elle trouve à la D un je-ne-sais-quoi de trop mou, trop artificiel, trop moite. Mais personne autour d'elle ne veut comprendre ça. On se contente de danser avec elle toute la nuit, pour l'oublier au matin.

Or, grâce à la cocaïne, puisque personne ne veut comprendre, la petite sœur peut dorénavant tout expliquer.

La C a un aspect moins noble que la D. Plus glauque, plus brut de décoffrage. La petite sœur n'avale plus son para comme une pilule contre la vieillesse. Elle aspire la poudre par le nez, à l'aide d'une paille faite d'un billet ou de n'importe quel autre bout de papier qu'elle enroule sur lui-même. Il y a un côté transgressif évident. Elle trouve que taper des rails de coke confère une aura à la Scarface, un look rock qui la choque et la fait hésiter au début. Elle a l'impression qu'elle est une tox, une grosse camée dès le moment où elle aspire ce premier trait.

Mais l'effet de la substance survient presque instantanément.

Une claque. Une explosion. Une déflagration. Une volée d'hirondelles qui passent au fond du crâne en hurlant comme un orage et déposent un printemps. Quelque chose de poivré, d'animal, d'érotique, de stupéfiant, de charnel. Quelque chose de très pur. Un éclair parfait qui efface tout. Un peu comme si toutes les expériences passées de la petite sœur, alcool, herbe, MD... ne devaient la conduire qu'à ce moment-là, à cette seconde suspendue, à cette éternité compressée, à cette vie entière contenue dans une inspiration. À cet instant de découverte biblique. La petite sœur se sent belle, intelligente, certaine et définitive. Elle représente l'Alpha et l'Oméga, un début et une fin. Et la colonne vertébrale de tout ce qu'il y a entre les deux. Rien n'existe qui soit hors d'elle. Survoltée, heureuse, elle est un cosmos à elle seule.

Puis vient le flot de paroles qui accompagne le shoot, la montée de la poudre au cerveau. Tout ce qu'elle dit prend un sens nouveau, cristallin. Les mots sont fluides, s'emboîtent les uns dans les autres, se fondent en une rythmique orchestrale. Parler devient orgasmique.

La petite sœur n'a plus peur. Au contraire. Tout s'accélère, tout va si vite pour elle, le temps s'inverse même, l'aiguille change de sens de rotation. Il lui semble, pendant les quelques minutes que dure l'effet de la trace qu'elle vient de sniffer, qu'elle n'a plus besoin d'apprendre à vieillir puisqu'elle se met soudainement à rajeunir.

Et même s'il faut sans cesse taper des traits pour que l'effet ne s'estompe pas, il y a autour d'elle, dans tout Paris, toutes ces personnes qui semblent prendre du bon temps. La petite sœur est aspirée par cette insouciance à laquelle elle n'a jamais eu accès (elle ne réalise pas que l'insouciance est un luxe de jeunes gens). Elle veut désespérément être comme eux, appartenir à leur monde si beau, n'être qu'une flamme supplémentaire de cet incendie blanc. Elle a le sentiment que seule la coke peut dorénavant lui offrir ce qu'elle recherche depuis si longtemps : cette unité profonde qui semble ne pas s'estomper avec les heures et passe par la compréhension entière d'êtres qui, séparés par le corps, se confondent néanmoins par l'âme.

Cependant toutes ses tentatives échouent, victimes d'une cabale montée par sa vieillesse imparfaite et rugueuse. En effet, plus les instants de nuit défilent et plus la petite sœur s'oublie dans cette sensibilité qui l'escorte incessamment. Et il devient alors évident à tous les êtres lisses qui l'entourent qu'elle n'est pas comme eux. Elle a beau bouger, s'habiller à leur façon, mimer leur contenance, ses cordes vocales ne vibrent pas à l'unisson des leurs. Quelque chose déraille dans sa voix. Elle s'est pourtant très vite approprié la sémantique de la cocaïne, sa grammaire, son parler franc : traits, rails, lignes, traces... grammes ou meuges de C... ces mots ponctuent maintenant pratiquement l'ensemble de ses soirées. La petite sœur dit juste mais sonne faux, mal accordée, au milieu de tous ces mêmes rêves éveillés. Un soir, c'est un dealer qui refuse de lui vendre un meuge de C, trop surpris par tout le pathétique de son état. Car malgré son détachement exagéré, mal joué, la petite sœur ne s'amuse jamais en soirée. Ce n'est pas faute d'essayer. La cocaïne est si drôle, l'effet si vif. Tout ça claironne aussi derrière ses yeux sans fond. Mais elle a beau se répéter encore et encore que oui oui oui, c'est ça qu'elle recherche et rien d'autre, elle tourne et retourne la chose dans sa tête. Elle décrit des cercles incessants dans son esprit. Elle est comme un chien qui a oublié où il a enterré son os. Elle se ment à elle-même et il se trouve qu'elle est bien seule pour y croire encore tant c'est grossier.

La réalité est qu'il est évident qu'elle tape de la coke pour faire d'un combat personnel une épreuve partagée.

Mais la petite sœur s'acharne. Tant bien que mal. Elle se met rapidement à ne consommer que de la cocaïne. En grande quantité et de manière de plus en plus régulière. Le côté chirurgical de la défonce à la C, la petite sœur y voit son salut, sa jeunesse. Cette relation de cause à effet immédiate entre une prise et la défonce. Cet échappement mécanique. Scientifique. Simplement une ligne à franchir. Une jeunesse automatique comme un trophée en bout de course.

Mais rien n'y fait. L'effet de la came est toujours temporaire. Et la petite sœur demeure absolument drapée dans cette vieillesse dont elle ne peut se défaire et qui l'auréole de l'attrait de ces mystères, entiers parce qu'ils sont humains.

la petite sœur pour toujours

La froideur des rapports d'expertises toxicologiques, de l'autopsie, des avancées de l'enquête… tous ces papiers que la justice envoie durant des mois, pendant toute la durée des investigations, à un rythme régulier comme une pulsation cardiaque, qu'il faut lire, comprendre, retenir, ruisselants de chiffres et d'expressions hideuses qui n'ont plus rien à voir avec elle : coagulation intravasculaire disséminée, lésions pseudo-emphysémateuses pulmonaires, fragment de viscères conservés dans du formol… Que reste-t-il de la petite sœur dans ces sales mots ? En réalité ils se foutent bien d'elle. Raconter son aventure, sa vieille aventure, eux qu'elle utilisait comme cuirasse dans ses poèmes, ça n'est plus leur affaire ! Des gens, il en meurt tous les jours et s'il fallait toujours tout dire, on n'en sortirait plus !

Rien ne transparaît de ce que fut sa solennité dans ces lettres intermittentes.

Les mots, les terribles mots, on a ça en commun : on a abandonné la petite sœur.

Elle et toutes les autres.

À leur retour de la Réunion au bout d'une année entière, ma mère paraissait épuisée. Elle avait maigri, elle avait rétréci, son ventre s'insérait plus facilement entre les os de son bassin, son corps déplaçait moins l'air autour d'elle, le souffle qui sortait de sa bouche était refroidi. Malgré la moiteur et le soleil de l'île, elle avait pâli.

La petite sœur savait déjà que plus rien n'allait. Elle l'avait compris depuis longtemps. Elle passait même certaines de ses nuits à regarder sa mère dormir, car c'étaient les seuls instants où, dorénavant, elle semblait en paix. La petite sœur faisait ça pour être bien certaine de ce fléau invisible, pour en avoir une confirmation renouvelée. Elle voyait sa mère couchée toujours du même côté du lit lorsque Jean-Claude était absent. Fagotée par sa détresse, figée par cette calamité, pas un seul des membres de sa mère ne débordait de sa place, comme si le moindre glissement devait gommer le moulage imprimé par la pesanteur du corps de Jean-Claude au matelas.

Jean-Claude n'était que rarement avec nous. Que faisait-il ? Où était-il ? Tous, nous aurions aimé le savoir. Et notre mère surtout. Jean-Claude était tellement absent que la petite sœur ne pouvait injecter en lui la figure de ce père qu'elle avait perdu, ni notre mère celle de son mari.

Logiquement, ma mère avait fini par demander le divorce. Je crois qu'elle attendait mieux, voulait différemment, espérait enfin la beauté. Après le drame de la mort de son premier mari, je crois que ma mère espérait du solaire.

Notre mère qui échouait en amour, c'était là une faute que la petite sœur ne pouvait absoudre. Elle rêvait de pureté dans les cris d'amour, pas d'impudeur. Elle en avait tenu rigueur à sa mère qui avait brutalement chuté dans son estime. Une colère damnée s'était mise à croître en elle.

De l'amour, la petite sœur avait une vision quelque peu vieillotte, tout comme elle, inspirée à loisir de ses grands-parents. Jamais il ne lui serait venu à l'idée que ses grands-parents étaient le produit d'un autre temps, d'un autre lieu, d'autres mœurs. Pour elle, ils incarnaient tout ce en quoi les éperdus de l'existence devaient placer leur foi.

Ce qu'il advint entre ces deux types de vieillesse, celle de la petite sœur et celle de ses grands-parents, était d'une élégance opportune. L'amour qu'elle portait à Papou et Mamine avait emprunté des chemins détournés. Il ne s'était pas matérialisé naturellement ; il s'était constitué en écho à son amour vacillant pour sa mère. Papou et Mamine avaient peu à peu revêtu une importance capitale pour elle. Car au-delà de l'exemple qu'ils lui donnaient, et qui portait toute son espérance en la beauté de la vie, ils démontraient que la vieillesse n'était pas qu'une infirmité d'Homme, qu'elle pouvait receler un charme informulé, une grâce épanouie.

Je la retrouvais souvent chez eux, où elle se réfugiait afin d'éviter le spectacle de l'ensauvagement de l'amour maternel. Alors que je montais quatre à quatre les marches qui menaient à leur appartement, des flots de musique classique me précédaient toujours. Et voilà que, dans l'escalier, adossés au mur ou bien assis sur le grand tapis rouge, Beethoven, Satie et Chopin écoutaient, pensivement. À mon passage, ils se levaient toujours et me saluaient respectueusement. Je m'arrêtais devant chacun d'eux pour une poignée de main amicale. Ils venaient souvent ici, dans ce hall, écouter la musique qu'ils avaient patiemment composée revivre entre les mains de la petite sœur. Ils ne s'offusquaient guère de ses quelques fausses notes, m'assuraient-ils. Alors je leur rendais leur salut, bien bas, comme il se doit, et je les laissais là, gardant le secret de notre rencontre pour moi car je ne voulais pas que la petite sœur sache qu'ils venaient ici rien que pour l'écouter.

En général, Papou et la petite sœur se mettaient au piano le dimanche en revenant de la messe. Elle passait voir ses grands-parents et jouer au piano tous les jours en fin d'après-midi. Mais c'était le dimanche qu'elle arrivait le plus tôt et restait le plus longtemps. Elle se rendait d'abord à l'église Sainte-Clotilde, toute proche, pour l'office de 11 heures avec Papou, pendant que Mamine, qui était protestante, restait à la maison préparer le déjeuner. À leur retour, je m'asseyais dans le canapé pour mieux les entendre, et Mamine finissait par me rejoindre.

Dire que ces séances de piano se déroulaient sans accroc serait une erreur. La petite sœur supportait très mal la moindre critique adressée par Papou. Elle s'arrêtait net de jouer lorsque celui-ci formulait une remarque, prétextant qu'il la déconcentrait, ce que Papou réfutait immédiatement. Tous deux finissaient par s'agacer du comportement de l'autre. Pour autant, personne ne quittait jamais le banc, n'osait mettre fin prématurément à l'exercice sacré. Et une fois la séance achevée, les choses s'ordonnaient d'elles-mêmes à nouveau : Papou embrassait la petite sœur sur le sommet de la tête, tandis que celle-ci lui lançait en retour l'un de ces regards dont elle avait le secret, un regard scellé, hermétique, moucheté néanmoins d'une tendresse abyssale.

la petite sœur pour toujours

Un jour, elle a écrit :

Tu as fait de ma vie une romance sans parole
Rythmée par les chansons d'un gondolier
Habillant toute ombre nocturne d'une claire visibilité
Tu as fait de ma vie une romance sans parole
Transformant chacune de ses variations
En fugueuses inventions
Pour que mes nuits d'été ne soient plus qu'un songe

Tu as fait de ma vie une romance sans parole
Plus qu'un rêve d'amour ne m'aurait fait espérer
Et de mille clairs de lune tu l'as illuminée

Tu as fait de ma vie une romance sans parole
Aux mille notes volées, à tant de moments partagés
Tu as fait de ma vie un rêve éveillé.

La petite sœur a écrit ce poème à son grand-père Papou. Elle s'est inspirée d'un texte de Verlaine. Certaines des strophes qui le composent sont des titres d'œuvres de musique classique.

Pendant des semaines Papou en a parlé comme du plus beau cadeau qu'on lui ait jamais fait.

Après le décès de sa petite-fille, il l'a affiché juste au-dessus de son lit.

Dès ses débuts avec la cocaïne, la petite sœur se construit deux existences distinctes et parallèles. Ces deux vies glissent l'une à côté de l'autre dans un mouvement continu sans jamais se rejoindre. Moi, j'ai de la chance : la petite sœur me place entre ces deux mondes, je peux naviguer de l'un à l'autre. C'est là une bonne grâce noblement concédée par elle, une récompense à cette relation spéciale que nous avons cultivée et qui nous a faits si semblables.

Dans le premier de ces univers, elle est une jeune femme heureuse, cultivée, qui joue parfaitement du piano, arpente inlassablement les expos consacrées à Monet et se rend à la messe tous les dimanches. Brillante étudiante en médecine, elle est éclatante sous les étoiles. Elle laisse y pénétrer sa famille et ses grands-parents, et vieillit à la cadence des battements de leur souffle.

Dans le second, elle se croit l'homologue des jeunes régents de la ville et de leurs ballets d'extases. Ce soir par exemple. J'invite la petite sœur au Batofar, une péniche amarrée près de la bibliothèque nationale, pour un concert. Une fois que le groupe a fini de jouer, on remonte sur le pont. Je commande une bière au bar, elle un mojito. Penchés au-dessus de la Seine, on discute de rien et de tout. Les flammes de Paris se reflètent dans l'eau noire. En bas, la musique reprend. Un DJ balance une techno dense et mauve. Je propose à la petite sœur de redescendre. Dans l'escalier, je la vois qui fouille dans son sac à main et en ressort un petit sachet blanc. Tous les week-ends dorénavant, elle se balade à tort et à travers Paris avec un petit pochon empli de poudre dans le fond de son sac. Elle me dit qu'elle n'en a que pour deux minutes et s'enferme aux toilettes. Le sortilège marche encore. Lorsqu'elle ressort, la petite sœur ne diffère plus de rien. Elle est tous et toutes. Elle est aussi blanche que la dope. Elle brille. Elle est jeune comme Paris en fête.

Aucun des deux univers dans lesquels la petite sœur évolue ne peut ni ne doit rencontrer l'autre, sous peine de s'annihiler mutuellement. Ils sont incompatibles, ils se repoussent comme deux aimants. Bientôt l'addiction les fondra l'un dans l'autre, les forcera à s'entrechoquer, à se confronter. Mais pour le moment, dans la cale du Batofar, personne ou presque ne sait pour la coke. Et puis la petite sœur n'est pas encore accro. C'est l'une des plus grandes inconnues de la très complexe équation de la drogue – ou sa plus grande hypocrisie : on peut en consommer régulièrement et longtemps, voire à vie, sans sombrer dans la dépendance.

Avec la petite sœur, on danse, on parle, on rit quelques heures. À un moment, elle me propose d'aller chez son amie qui était là au No. Elle habite à Montparnasse, pas loin de chez nous. Ce sera facile pour rentrer après. Elle commande un Uber sur son téléphone.

Cette nuit fait partie de celles où la petite sœur et moi prenons de la cocaïne ensemble. Il y en a plusieurs. C'est avant que je me rende compte. Que cette drogue serait sa damnation.

Elle ne l'est pas pour moi. Je me souviens bien de la découverte de cette matière chlorée et incendiaire. Mimétisme social, goût de l'aventure, frisson de l'interdit... mes raisons sont bien différentes de celles de la petite sœur. Moins fondamentales, plus anonymes. Moins nécessaires. Et puis, avec ces soirées, j'ai l'impression qu'on partage plus qu'un gramme de cocaïne. J'ai le sentiment que ce sont des moments précieux parce que la petite sœur se raconte peu en dehors. Des moments qu'on vole à la minutie des choses des Hommes. Mais j'ai tort. Ce sont des instants gratuits, dénués d'importance, qu'il faut prendre comme tels. Je ne sais pas encore que je ne dois pas. Pas avec la petite sœur. Je contribue à faire de la coke quelque chose de normal pour elle. Qui a une place toute légitime dans sa vie.

Cette nuit, je ne vois pas encore le mal qui commence de la ronger. Et je contribue à le nourrir.

Une fois chez son amie, assis autour de la table basse sur laquelle trônent des canettes de bières vides, on termine le meuge de la petite sœur à trois. Puis, sous l'effet de la drogue, on se raconte des choses sans visage, sans mémoire, qui ne demeurent pas. Des choses ruisselantes. C'est un soir qui ère, une nuit sans intérêt, que je regrette longtemps. La petite sœur ne semble pas penser comme moi. Elle me parle beaucoup de notre mère, de sa mésentente grandissante avec elle. Je lui dis qu'elle est trop dure, que notre mère n'a jamais eu une vie facile. Et que, malgré tout, elle nous aime profondément. Qu'elle s'inquiète particulièrement pour elle. La petite sœur fait semblant de ne pas m'entendre. Elle reste butée sur son ressentiment, ne concède rien, elle est binaire. Elle veut que je la plaigne.

On rentre se coucher alors que le soleil est déjà solidement vissé dans le ciel.

la petite sœur pour toujours

Ça tournera encore en boucle dans ma tête, même plusieurs mois après la mort de la petite sœur, sans que je puisse rien y faire. Un souvenir m'empêche de trouver le sommeil. Nuit après nuit, heure après heure, minute après minute, je me rappelle.

Je me rappelle que, la veille de sa mort, j'avais pensé lui proposer de sortir avec moi. J'avais compris que ce n'était pas normal qu'elle ne soit pas rentrée à la maison la nuit précédente, que cela signifiait une possible rechute. Je pensais lui proposer d'aller au restaurant ou voir un film d'horreur au cinéma comme on aimait.

Je ne l'ai pas fait.

Je lui en voulais de n'être pas revenue dormir chez nous. Je ne comprenais pas que les choses ne changent pas plus facilement maintenant qu'elle vivait avec moi, que les habitudes de la maladie ne deviennent pas des flux interdits. J'étais fatigué. J'avais envie de rester seul. J'avais décidé, pour ce soir au moins, de ne pas lui offrir mon aide. Quelque part, je n'avais pas très envie de la voir. J'étais donc sorti sans elle, puis rentré me coucher tôt. Sans me douter que j'avais peut-être manqué là l'occasion de lui sauver la vie.

Par ma faute – ma faute dormante –, par ma faute. Par ma faute.

Je dormais.

Pendant que ma petite sœur était en train de mourir.

Un jour, la petite sœur avait eu vingt ans et elle s'était mise à parcourir les hémisphères du monde à la recherche d'un peu de son énigme. En retour, celui-ci avait déployé tous ses atours pour l'impressionner. Ce très vieux monde s'était épris de ma très vieille petite sœur et avait tenté de la conquérir à l'aide de ses plus belles couleurs. Sa parade nuptiale avait été impeccable, mais la petite sœur avait la liberté d'un mois de mai.

C'est notre mère qui nous emmenait tous les quatre en voyage. New York, Londres, l'Indonésie avec ses raies mantas et ses récifs, le Kenya, la Floride, le Maroc et les rues de Casablanca où la petite sœur avait parfumé ses cheveux à l'huile d'argan. La Guyane aussi, où on avait établi le bivouac sur une île située au milieu du fleuve Approuague. Notre guide s'appelait José, c'était un

Brésilien qui vivait dans un village en bordure de la jungle épaisse. Malgré ses soixante ans, José avait des muscles saillants qui torsadaient sous sa peau et lui dessinaient un corps agile, des membres fins et puissants. José serpentait loin devant nous, dans la jungle, disparaissait d'un seul coup devant pour réapparaître derrière et nous expliquer une plante, une empreinte, une fleur. Une fois, nous avait-il raconté, il s'était perdu dans le vert et avait survécu neuf jours en buvant son urine. José nous enseignait aussi comment monter aux grands arbres lisses pour récupérer les hauts fruits qui y pendaient. La technique, c'était de presser la paume de ses mains et la plante de ses pieds nus à plat contre le tronc humide. Personne n'y était parvenu. Personne, sauf la petite sœur – elle était une aventurière qui s'ignorait.

L'aventure s'était poursuivie au Cap-Vert. Avec la petite sœur, on s'asseyait toujours dans la benne à l'arrière du pick-up lorsqu'on partait arpenter ces îles désolées. Elle aimait sentir ses cheveux battus par l'air marin. La voiture filait contre la terre aride, le long de la plage, essuyant des éruptions brusques d'eau salée et de vent.

À leur retour de Rome, où la petite sœur s'était cette fois rendue seule avec notre Sophie, elle m'avait raconté qu'elle était tombée amoureuse de la Ville éternelle, qu'elle voulait y passer le restant de ses jours, rencontrer l'amour là-bas et vieillir protégée par les dalles de son Colisée.

La petite sœur venait de réussir sa première année de médecine. Ce cyclone qui grondait en elle, c'était la spirale de son avenir. C'était décidé : elle serait poète, elle serait amoureuse et elle serait oubli, elle serait peintre comme Monet qu'elle admirait, elle serait longueur d'une vie et beauté d'une nuit, elle serait chanteuse à Broadway, là-bas, aux Amériques en lumière, elle serait aviatrice, elle serait sciences sans être puits car comme toutes les jolies fleurs elle avait besoin d'un soleil, elle vivrait drapée de soie dans un château de Bavière. Elle serait tout ça, pour de bon, avec pour seule limite sa sensibilité aiguë et son imaginaire.

Pour la simple et bonne raison que son futur resplendissait de l'ivoire des promesses.

la petite sœur pour toujours

Quelque temps après notre audition avec les policiers, nous avons accès, par l'intermédiaire de notre avocate, au dossier d'enquête. Il apporte des éléments nouveaux. La méthadone est bien la substance qui a provoqué le décès de la petite sœur. C'est aussi le produit utilisé par Frédéric comme substitut médicamenteux à son addiction aux opiacés. La petite sœur n'en a jamais pris de sa vie. Mais cette découverte est importante. Car les expertises toxicologiques ont aussi démontré la présence de cocaïne dans son sang. Or la méthadone est un calmant. La petite sœur aurait pu être poussée à en consommer pour atténuer la descente de coke et la culpabilité d'une rechute en phase de sevrage.

Frédéric prétend qu'il ne lui aurait pas fourni de cocaïne, qu'elle l'aurait achetée à trois hommes en noir après un retrait à un distributeur de sa rue. Il n'y a aucune trace d'un tel retrait dans les relevés de banque de la petite sœur. L'existence de ces hommes ne sera jamais établie par l'enquête.

Et puis, Frédéric a fait le ménage. Les policiers trouveront des bouteilles d'alcool dans les poubelles de l'immeuble avec, dessous, un petit sachet de cocaïne, des pailles pour ingérer la drogue et les restes d'un cendrier. Pourquoi Frédéric a-t-il tenté de tout dissimuler si, comme il le prétend, il n'a pas fourni la drogue ?

Mais une autre question soulevée par l'enquête éclipse toutes les autres d'horreur. Le moment exact où le cœur de la petite sœur s'est arrêté est imprécis. Battait-il encore au moment où Frédéric nettoyait son appartement ? Aurait-il pu la sauver en agissant immédiatement après l'avoir découverte inanimée ?

En prévenant tout de suite les secours, Frédéric aurait-il pu empêcher que la petite sœur ne se change en mirage ?

Elle a bien consommé de la cocaïne ce soir-là, mais en petite quantité. Elle ne voulait plus s'autodétruire. La maladie de l'addiction a simplement repris le dessus pour quelques heures.

La petite sœur voulait s'en sortir.

Elle s'est endormie.

Elle est morte cernée par ses rêves inachevés.

La cocaïne est une amante avide, demandeuse de rencontres interminables et régulières. Je m'en rends vite compte. Et ce pour une raison très simple : je n'en ai pas besoin. La petite sœur, oui. Pour elle, la défonce prend une tout autre allure tant elle ressent l'envie de dire... Alors elle s'enfonce peu à peu dans la dépendance comme au creux de sables mouvants. Ce sont ses études qui me font, les premières, ressentir l'avancée du désert. Ses résultats chutent d'un coup. C'est à cause des « descentes ». Les jours qui suivent ses consommations, la petite sœur sombre mécaniquement dans une mélancolie profonde et incontrôlable. C'est l'une des conséquences du dérèglement de la chimie de son cerveau par la coke. Les descentes, déjà plus intenses que d'ordinaire chez elle, prennent maintenant une ampleur inédite. Ses défonces sont pour le moment encore cantonnées au samedi soir. Mais les descentes, elles, s'étirent parfois jusqu'au lundi, voire au mardi soir. Et la petite sœur perd de nombreux week-ends de révision, ainsi que des semaines de cours, à tenter de survivre à l'abîme de ces chutes libres. Alors pour pallier cette torture ou parvenir à se lever le matin, elle se goinfre de médicaments qui font dormir ou sourire. L'accouplement est désastreux. Mais elle le répète à chaque fois et de plus en plus régulièrement.

Je commence à comprendre qu'elle a un problème. Je ne parviens plus à faire la fête avec elle. Elle me met mal à l'aise. Comme ce soir où je la rejoins dans sa chambre après un verre avec des amis. On s'assied sur le lit. On discute et on rit. La petite sœur finit par sortir un pochon de coke de son paquet de cigarettes et s'aligner deux traces sur la pochette d'un CD des Kooks. Sans aucune raison. Je n'ose rien dire, de peur qu'elle ne se braque. Mais l'inattendu de son geste me choque. Et lorsqu'on est aux mêmes soirées, sans cesse réclame-t-elle de la coca maintenant. À tout va. Errante. Hypnotique.

Une fois, après un simple dîner avec des amis, la petite sœur débarque presque sans prévenir. Elle doit sans doute penser qu'on tape de la coke pour le dessert. Mes amis me lancent des regards gênés après qu'elle les a abordés, chacun à leur tour, pour leur réclamer une trace.

Je me mets à regretter d'avoir essayé des substances et de lui en avoir parlé. D'en avoir pris avec elle, aussi. Je lui demande d'espacer les sorties. Elle les multiplie. Toujours plus longues, toujours plus intenses. Je lui fais promettre de m'envoyer un message à chaque fois qu'elle a envie de consommer. Je perçois qu'il ne s'agit plus de fête pour elle. Bien sûr, elle veut toujours aspirer un peu de cette jeunesse lumineuse qu'elle croit distinguer au fond des nuits parisiennes enneigées. Mais la drogue devient peu à peu un élément indissociable de ses soirées. Elle se mue en une exigence hautaine.

La cocaïne devient la fête et la fête devient la cocaïne.

Ainsi, après que j'ai refusé de continuer d'en prendre avec elle, furieuse, la petite sœur plante là les jeunes anonymes parisiens. La structure de ses fêtes, leur essence, s'en trouve bouleversée. Elle commence de passer ses heures, du lever au coucher d'un soleil, à taper des rails de coke avec n'importe qui. Connue ou inconnue, bienveillante ou intéressée, la présence à ses côtés n'importe plus. La petite sœur se met même parfois en danger. Seul compte le rassurement commandé et résolu de la cocaïne. Et puis, quelques mois seulement après le début de sa maladie, voilà qu'elle ne ressent déjà plus le besoin de se dissimuler. Les phares de Paris peuvent bien s'enflammer à son passage, elle a son entre-soi avec la cocaïne fidèle. Toujours détachée. Alors, quand elle ne trouve nulle part où s'installer plus confortablement, elle en consomme directement dans la rue. Et elle passe ses samedis soir à déambuler autour du Champ-de-Mars avec l'une de ses connaissances, là où elle jouait enfant. À déblatérer des paroles qui ondulent dans le vide.

Il faut dire qu'elle trouve facilement tout ce qu'elle veut pour se noyer. Paris est submergée par la poudre. Ça ne lui prend que l'envoi d'un ou deux textos. Deux secondes de temps pour une nuit d'extase. Gâcher une vie, ça ne dure qu'un battement de cœur.

La petite sœur sombre. Esclave de sa peine comme de son soulagement.

Logiquement, notre mère finit par s'en rendre compte. Elle trouve des Post-it roulés en forme de paille dans la poche arrière d'un de ses jeans. Elle me demande si je sais quelque chose. Je veux préserver la petite sœur. Je sais que l'instinct de protection de notre mère s'exprime parfois de façon virulente. Je mens. Je prétends que je ne sais rien. J'appelle la petite sœur dans la foulée. Ensemble, on monte une stratégie. Elle dira que les pailles appartiennent à un ami de la famille, qu'elle a accepté de les cacher pour lui. Elle devra ensuite supplier ce dernier de dire la même chose à notre mère. Ce qu'il accepte de faire. Ma mère nous croit tous les trois. Je pense qu'elle sait la vérité mais en refuse la béance. Elle n'avait déjà pas supporté que la petite sœur se mette à fumer.

Mais notre mère fait la même découverte dans les mêmes conditions quelques semaines plus tard. La petite sœur a tellement l'âme embrumée de vapeurs blanches qu'elle néglige tout. Même son mensonge. C'est un acte manqué peut-être.

Cette fois, il n'y a plus rien à faire. Ma mère a peur. Elle s'emporte. Elle réagit comme elle réagit face aux déceptions : elle gronde la petite sœur comme si elle était encore une toute petite fille. Elle lui interdit de sortir au-delà de minuit, surveille son téléphone portable et son compte en banque. Surtout, elle la menace. Elle menace de tout dire à Papou. La petite sœur est terrifiée. Elle se sent incomprise et seule. Abandonnée.

Mais tout ça ne mènera à rien car, bientôt, elle frôlera l'overdose lors de son malaise en pleine rue.

La petite sœur me dit que notre mère détruit sa vie.

Les mots d'amour sont égarés.

la petite sœur pour toujours

On passe les premières fêtes de Noël sans la petite sœur en Bretagne, chez notre grand frère Francis. Il a fait encadrer la photo que j'ai prise d'elle sur le pont du grand bateau en Suisse. Elle a le sourire aux lèvres.

Une infinie vieillesse dans le regard.

Le soir du réveillon, on regarde tous en silence la seule chaise restée vide autour de la table.

Le lendemain, on va marcher le long de la côte. Une brise végétale de l'intérieur des terres fait danser nos cheveux. Ma mère se tient à l'aplomb de la falaise. Des larmes d'airain coulent le long de ses joues. Depuis que la petite sœur s'en est allée, toujours ma mère pleure-t-elle devant les océans. Des oiseaux, comme des éclairs blancs, parsèment le bleu du ciel au-dessus de nous.

Ma mère ne pourra jamais cesser de suffoquer.

À un moment de sa vieille histoire, la petite sœur avait été frappée par la plus humaine des maladies et elle s'était mise à changer. Ce syndrome revêtait un nom : c'était le voyage du temps.

La petite sœur était devenue une jeune femme très belle. Des cheveux bruns, naturellement ombrageux, cascadaient en ondulant jusqu'à ses épaules. Elle avait les yeux ambigus : ambrés, comme ceux de son père, mais tirant vers le noir – on aurait pu croire qu'il y avait quelque chose d'un orage de minuit dans leur fond. Son regard était franc, solennel, définitif, contrastant avec sa personnalité guillerette et enjouée, une profondeur étrange, insondable, nourrie au crépuscule, un regard en permanence braqué sur les recoins d'aube de son âme emportée.

Ses mains semblaient gantées de porcelaine et des petites lèvres fines et roses encadraient une bouche dans laquelle l'une des dents de devant chevauchait un peu celle d'à côté. Ce léger vacillement conférait un charme particulier à son sourire, qu'elle, évidemment, détestait. Comme son nez d'ailleurs, qu'elle tenait de son père mais trouvait trop gros. La petite sœur n'était pas grande ; elle était mince aussi, toujours très soignée, très attentive à son apparence.

Mais à tout juste vingt-deux ans, elle possédait des connaissances en médecine qui impressionnaient même Papou, ancien chef de service à l'hôpital Cochin. Elle adorait parler médecine avec lui : des maladies qu'elle étudiait, des effets de certains médicaments ou des derniers cas cliniques qu'elle avait observés à l'hôpital. Avec moi, son jeu favori était de me demander ce que je pensais d'une chose médicale dont je n'avais pas la moindre idée, puis de se lancer en riant dans l'exposé détaillé de ce que j'aurais dû répondre. Comme l'on effeuille un beau livre, je me nourrissais de ce que la petite sœur me racontait, je tentais de comprendre, je la trouvais fascinante.

La petite sœur était de loin la préférée de Papou. Comme lui, elle se destinait à une carrière de médecin ; comme lui, elle jouait parfaitement du piano et se produisait dans des récitals ; comme lui, elle aimait notre grand-mère Mamine d'un amour sans frontières.

La petite sœur aimait aussi la chanson *Lili* de Aaron, Eddy Mitchell et Leon Bridges. Elle me disait détester Saez, mon chanteur préféré, dont je lui chantais les refrains à tue-tête pour l'embêter.

La petite sœur aimait l'art, surtout les peintres impressionnistes. Monet, et sa *Dame en blanc au jardin*, avait son cœur. Elle poursuivait le maître au musée de l'Orangerie, au Grand Palais, partout à travers le monde qu'il avait peint.

La petite sœur aimait les livres. Dans sa bibliothèque, je trouvais des ouvrages comme *La Perle* et *Les Raisins de la colère* de Steinbeck, *Tristan et Iseult*, *Histoire du Juif errant* de D'Ormesson, *Terre des hommes* de Saint-Exupéry et *L'Amant* de Duras. Le dernier, le Duras, m'appartenait. On se disait souvent, en feuilletant ces livres, qu'on se ressemblait beaucoup, elle et moi, qu'on était pareils.

La petite sœur était une savante mixture d'alchimiste, un mélange de douceur et de fierté, de timidité et de frasques, de naïveté et de profondeur, de légèreté et de sagesse.

La petite sœur avait la rareté d'une aube, elle était belle d'une beauté funambule, de mésange, d'une beauté nocturne, elle était un *la* au piano et un jour de fête.

Un opéra blanc.

La petite sœur dissimulait le secret des siècles sous ses paupières.

Jamais elle ne cessera.

la petite sœur pour toujours

Janvier. Trois mois après son décès. La douleur ne s'estompe pas.

J'aurais aimé t'aimer comme on aime le soleil
Te dire que le monde est beau
et que c'est beau d'aimer

Un jour, je me retrouve à fouiller ses affaires, furieusement, comme un possédé, en quête d'un antidote. Je cherche n'importe quoi qui pourrait la rappeler à ma mémoire car je sens maintenant qu'il n'y a que son souvenir qui puisse me guérir. Je ne veux pas qu'elle s'efface, je ne veux pas l'oublier, j'ai changé d'avis : je veux rêver d'elle !

J'aurais aimé t'écrire le plus beau des poèmes
Et construire un empire juste pour ton sourire

Je repense à tout ce que la petite sœur aimait et je prie, je prie jusqu'à la supplique, pour avoir fait partie de ces choses-là, ne serait-ce qu'un instant volé.

Devenir le soleil pour sécher tes sanglots
Et faire battre le ciel pour un futur plus beau

Je tombe sur son carnet rouge, dans lequel elle notait toutes sortes de formules médicales.

Mais c'est plus fort que moi
Tu vois, je n'y peux rien

Sur la page de garde, elle a griffonné quelques mots.

Ce Monde n'est pas pour moi
Ce Monde n'est pas le mien

Le refrain d'une chanson de Saez.

On est deux mois après le malaise de la petite sœur en pleine rue et son hospitalisation. La surveillance de notre mère l'étouffe toujours. Tous ses efforts ne pallient le problème que de façon temporaire. Bien vite, la petite sœur reprend les abus. Ses mensonges l'y aident. Elle les profère jusqu'à l'assèchement. L'erreur de ma mère est de la croire sur parole, de placer une vertu au-dessus de toutes les autres : la confiance. Même s'il y a déjà eu des mensonges, ma mère veut avoir confiance en la petite sœur. Elle se dit qu'elle peut avoir confiance en ses enfants. Quand la petite sœur lui assure qu'elle ne va pas rentrer tard, ma mère va se coucher en confiance.

Mais pour la petite sœur, la cocaïne ne représente pas qu'une déroute. C'est aussi une transgression assumée. D'autant plus assumée qu'elle est grisante. La drogue matérialise sa volonté de ne pas être parfaite. Et puis, elle considère n'avoir aucune leçon à recevoir de notre mère et son alcoolisme. Elle avance une prétention égale à la fuite en avant. Au réconfort par les substances. Elle emploie simplement une drogue différente. Car si sa mère le fait, de quel droit le lui interdirait-elle ? Miroir des dépendances. La petite sœur désobéit, ment, se rebelle, déçoit. Elle a ce besoin d'exister dans l'inconséquence d'un conflit avec sa mère qu'elle résout dans la cocaïne. Elle prend des rails de coke comme on prend des rendez-vous chez le psy. Son enfance massacrée par le décès de son père, par les disputes violentes de Jean-Claude et notre mère et par les deux tentatives de suicide de celle-ci… Tous ces cris, ces pleurs, ces abandons, ces amours ravagées, ces amours de torture, ces attachements enflés de haine, toute cette violence. Il n'en fallait pas plus à la petite sœur pour qu'elle se croie sans importance pour notre mère. Une sorte de supercherie. Elle en développe, au fur et à mesure, une forme d'animosité à son endroit. Elle la rend responsable de tout, victime de rien. Et tous les efforts de cette dernière pour y parer ne font que renforcer sa conviction. Car de toute manière, d'après elle, la faute originelle reste à sa mère : en effet, comment a-t-elle pu vouloir se donner la mort alors qu'elle est censée l'aimer pour toujours ?

En retour pour ma mère, la petite sœur est devenue illisible. Elle a le sentiment qu'elle se saborde. Elle ne comprend plus ses choix : celui de changer de lycée juste avant le bac, d'arrêter totalement la natation, de sortir autant, de fréquenter certaines personnes plutôt que d'autres… et de consommer de la cocaïne. Comme si elle avait toujours le choix. La petite sœur devient tout son monde. Ma mère n'en dort plus, ou très mal. Elle s'effraie plus pour elle que pour n'importe lequel de nous quatre. Elle boit de plus belle.

Les rapports de ma mère et de la petite sœur se tendent. Des remarques, des choses dites aussitôt regrettées. Mais pas assez vite pour ne pas s'inscrire au fusain au fronton de leurs âmes.

En manque de repères paternels, détentrice d'un modèle maternel qu'elle rejette, la petite sœur se sent déchue. Elle se cherche plus jeune. Elle s'égare.

Vendredi après-midi. Je me promène avec mon meilleur ami boulevard Voltaire. Mon portable se met à vibrer. Le prénom doré de la petite sœur apparaît à l'écran. Je décroche.

Elle est en pleurs, dévastée. Elle m'explique qu'elle a consommé hier jusqu'à cette heure avancée sans dormir. Encore une fois, elle n'a pas supporté la descente. Mais les antidépresseurs sont chez nous. Elle n'a pas pensé à les prendre avec elle. La tristesse a vaincu. Elle a appelé sa mère pour tout lui avouer, pour lui demander de l'aide. La petite sœur a peur. Elle a encore en tête le souvenir de son malaise. Elle ne veut pas mourir.

Mais le sentiment de trahison de ma mère a dicté ses choix. Elle a alors crié sur la petite sœur – comment ne peut-elle pas se retenir ? ce n'est quand même pas difficile ! –, elle lui a crié que cette fois c'en était trop, qu'elle allait tout dire à Papou – puisqu'elle ne veut pas s'arrêter ! elle l'aura bien cherché... Elle lui a gueulé sa déception.

La petite sœur, écroulée par la perspective que son grand-père puisse être au courant, a choisi de me téléphoner. Elle halète et pleure beaucoup. J'ai du mal à saisir tout ce qu'elle me dit. Pour la calmer, je lui dis que je vais appeler Papou et lui expliquer que notre mère raconte n'importe quoi. Qu'elle invente tout ça car elle s'est disputée avec elle. Je lui demande l'endroit où elle se trouve, si elle est en sécurité. Elle me répond qu'elle est chez notre cousin, qu'elle s'y est arrêtée sur le chemin du retour.

J'abandonne mon meilleur ami. Je sais qu'il comprend. En route, je téléphone à mon grand-père et je lui mens. Je lui mens et il me croit. Il ne peut faire autrement.

Je retrouve la petite sœur. Jamais elle ne me parut si jeune. Elle pleure toujours, craint ce qui va suivre. Elle porte encore ses habits de bal mais son corps n'est plus à la fête. Son maquillage coule sur ses joues, ses traits sont tirés et creusés par la fatigue. Ses pupilles dilatées inondent entièrement l'ambre de ses yeux. Désordonnés, ses cheveux s'éparpillent sur ses épaules. Elle ne tolérerait pas de se présenter ainsi dans d'autres circonstances, même à moi son frère. La cocaïne dénature sa corporalité et la remodèle.

En chemin je lui parle, tente de la rassurer. Je lui dis qu'une fois que l'on sera rentrés, qu'elle n'écoute pas ce que dit notre mère, qu'elle aille dans sa chambre et se couche. Que demain on ira chez Papou afin de consolider notre mensonge. Et qu'ensuite, seulement, on parlera de tout ça à tête reposée.

Elle me répète qu'elle ne veut surtout pas que son grand-père soit au courant. Elle ne veut pas qu'il ne soit plus fier d'elle. La petite sœur ne veut pas se défaire de son vermeil.

On glisse devant la tour Eiffel qui ne nous dit rien et se contente de nous regarder passer en silence.

Une fois dans l'appartement, la petite sœur pénètre dans sa chambre immédiatement sur la droite. Je découvre ma mère au téléphone avec Papou, une bière à la main. Elle lui dit qu'elle lui apportera le compte rendu de l'hospitalisation de la petite sœur quelques semaines plus tôt, et qu'il verra ainsi, qu'il verra si ça n'est pas vrai !

Je suis terrifié par l'inutilité de cette démarche, l'acharnement inexplicable de ma mère et ses conséquences possibles sur la petite sœur. Je retourne dans la chambre. La petite sœur s'est mise au lit.

A-t-elle pris un comprimé ? Elle fait oui de la tête. Je l'embrasse sur le front. Elle me promet qu'elle va essayer de dormir.

Je quitte la pièce en refermant la porte doucement. Ma mère a raccroché le téléphone. Je tente de lui parler, de la raisonner. J'essaie de lui expliquer que dans une situation telle que celle de la petite sœur, on ne peut plus s'offrir le luxe de l'impulsivité. Qu'il faut réfléchir calmement, et surtout dialoguer, sans jugement, sans reproche. Ma mère n'entend rien. Elle a peur. Elle est désespérée. Elle est trahie. Elle est saoule. Elle réagit.

Elle est de nouveau au téléphone mais avec une amie cette fois. Elle lui raconte ce qui s'est passé, elle parle de la petite sœur comme de sa plus grande déception. Elle ne décrit plus sa fille mais une ennemie. Elle ne s'arrête pas. Ses mots, larges comme des vagues, dépassent ses pensées. Un bouillonnement prend jour dans mon thorax, coincé entre les os. C'est comme un orage sourd qui naît au fond de moi, dont je ne soupçonnais pas l'existence ni la force. Et ma mère qui ne s'arrête pas de parler, d'insulter la petite sœur, de crier, d'insulter, d'insulter, d'insulter... Une violente secousse m'ébranle des pieds à la tête. Je me lève d'un coup, dans une convulsion qui vibre le long de mes côtes. D'un seul geste je lève le poing droit et l'abat d'un mouvement vif.

Ma mère. Les yeux écarquillés. La peur au-dedans des pupilles. Elle ne parle plus, elle ne comprend pas. Elle n'a rien vu venir.

La vitre de la grande armoire du salon explose sous la violence du choc.

Il y a des morceaux de verre répandus sur le sol.

la petite sœur pour toujours

La petite sœur est là, elle se tient devant moi. Elle rit. Notre Sophie rit avec elle. Moi je souris. Je suis tellement content de la voir… mais j'ai le sentiment que quelque chose ne va pas. Elle ne devrait pas être ici. Il n'y a plus d'elle, il n'y a qu'une béance et mon âme échouée. Trop de sublime, beaucoup trop… Je me suis tellement abîmé le corps et le cœur. Et là, pourtant, son visage perdu resplendit.

La petite sœur cesse de rire et se tourne vers moi. Notre Sophie a disparu. Elle me parle : elle me dit qu'à présent elle doit repartir. Mais je ne veux pas, pas encore… Elle est déjà partie si loin. Dorénavant il faut qu'elle reste. Je l'en supplie : je ne peux pas vivre sans elle.

La petite sœur me sourit. D'un sourire inconnu. Elle m'assure qu'elle doit partir malgré tout. Elle paraît si tranquille.

Je lui réponds que si elle s'en va, elle ne pourra pas revenir.

Mais tout son être l'a déjà compris.

Je la serre dans mes bras. Des larmes coulent sur mes joues, vouées à l'obsolescence.

C'est la première fois que je rêve de la petite sœur depuis qu'elle est morte.

Ça avait été l'un des moments les plus tristes de sa vie. La petite sœur n'avait encore que vingt-deux ans lorsque Mamine avait fini par mourir. On avait alors parlé, longuement, de Papou et Mamine, d'eux ensemble, de leur rencontre. Elle aimait beaucoup cette histoire, celle de la rencontre de Papou et Mamine, c'était sans doute sa préférée de toutes celles qui flottent autour de la Terre.

Papou et Mamine s'étaient connus il y a très longtemps, bien avant la petite sœur. Tout lui semblait beau dans cette histoire, bien fait. Ce début des choses belles, ça avait été la faculté de médecine où Papou était tombé amoureux de Mamine. À l'époque ils étaient jeunes encore, la petite sœur ne les avait connus que vieux. Pour elle, ces deux corps étaient des balafres, des cicatrices de l'écoulement de la vie. La vie coulait en hémorragie de leurs rides. La petite sœur ne pouvait jamais se représenter la présence de la jeunesse dans ces deux corps. C'est sûrement pour cette raison qu'elle les avait tant aimés, car il lui semblait que, comme elle, ils avaient été vieux toute leur vie.

Au cours de sa longue carrière médicale, Papou avait brillé, sa renommée avait très vite grandi et Simone Veil en personne l'avait nommé chef de service à l'hôpital Cochin. Mamine aussi était médecin, elle était aussi brillante que Papou, moins reconnue que lui parce que c'était une femme sans doute. Malgré son succès, Papou ne l'avait jamais oubliée et ils s'étaient mariés quelques années après la guerre. Enfin, après ce qui avait ressemblé à des millénaires de bonheur, Mamine était morte.

C'était arrivé un matin, très tôt, l'air était encore chargé de la mémoire d'un orage nocturne, un soleil orangé, très doux, trempait Paris d'une lueur cuivrée. Mamine, alors très âgée, avait beaucoup de mal à respirer depuis la veille, une kinésithérapeute était venue lui décongestionner les bronches. Et puis, comme si elle avait attendu ce signal d'apaisement, elle était morte.

Quand la petite sœur avait pénétré dans la chambre où le dernier souffle de Mamine s'était envolé, elle ne pleurait pas. De vastes pans de lumière drapaient Paris tandis que la tour Eiffel ferraillait pour venir épingler un nuage. Elle avait embrassé sa grand-mère sur le front et était repartie en silence, sans une larme.

Mamine était morte très tôt, un matin (c'était une belle journée pour mourir), doucement, sans bruit, comme elle avait vécu : en paix.

Paris avait ainsi pu continuer.

Et le soleil.

Et la pluie.

Et la lumière.

Tout ça avait pu continuer.

À l'enterrement, au moment de la descente du cercueil en terre, un arc-en-ciel était apparu entre les nuages.

la petite sœur pour toujours

Je l'aperçois souvent au coin des rues de Paris. À chaque fois, je suis convaincu que c'est elle… Ce manteau jaune… Celui qu'elle portait au bord du lac en Suisse. Je m'approche, j'accélère le pas. Ce n'est pas la petite sœur. Elle lui ressemble simplement. Alors je pivote, je pars. Un dernier coup d'œil. Elle rit. Le même manteau… Juste les cheveux un peu plus courts.

Et puis encore, un volet qui claque derrière moi. Je me retourne, fiévreux. Personne.

Il paraît que ça fait ça pendant quelques mois après le traumatisme. Un coup de vent, un objet qui tombe, une odeur… Qui vous rappellent la personne disparue. Les « vécus subjectifs de contact avec un défunt ». C'est comme ça que ça s'appelle. Certains pensent au paranormal, à des signes venus d'ailleurs.

Moi je pense que quand on a l'âme en miettes, on s'acharne contre les évidences.

Une parure affreuse, quelque chose comme un tourment. Un purgatoire que l'on ne peut pas raconter.

Ses mains autour de son cou.

Ce n'est pas la seule horreur dans la vie de la petite sœur. Il y en a une autre, qui diffère de silhouette, qui n'a pas la même peau. Cette horreur-là n'est pas moins violente. Elle a juste moins de forme. Elle est moins abrupte, plus progressive. Elle commence d'ailleurs tout doucement, avec les éoliennes.

En voiture, notre grand-mère Mamine se met à demander systématiquement si l'on a dépassé des éoliennes qui n'existent que dans son imagination. Ces pales géantes deviennent son obsession. Et puis elle commence bientôt à poser les mêmes questions, en boucle, à propos des mêmes avenirs. Elle cherche sans plus les trouver les prénoms des uns et des autres, et finit par oublier jusqu'au sien. À cet instant, personne dans la famille ne peut encore y croire. La petite sœur surtout. Mais à partir du moment où Mamine est hospitalisée, il faut bien se rendre à l'évidence. Pas la petite sœur. Elle continue de nier avec ardeur.

Première fois à l'hôpital. Mamine ne paraît pas trop atteinte. On va la voir dès qu'on peut. J'y accompagne souvent Papou. À la porte de la chambre, je m'efface toujours pour le laisser quelques minutes seul avec l'amour de toute sa vie. La petite sœur explique souvent tout autour d'elle lors de ses soirées, quand deux ou trois rails de coke lui dénouent l'âme, qu'elle rêve d'une histoire d'amour telle que celle de ses grands-parents. Assez forte pour être à peine écorchée par la maladie.

Une histoire d'amour où l'homme qu'elle aime ne tente pas de l'étrangler.

À l'hôpital la première fois, Mamine demeure cohérente. Assez pour faire des mots croisés avec moi et rire avec la petite sœur lorsqu'elle lui raconte sa journée. Alors elle revient vivre chez elle. Mais elle se met bientôt à avoir des accès terribles. Sa tête bascule en arrière, sa respiration s'accélère et les yeux se ferment. La machine corporelle s'anime d'un coup : gestes fous, désordonnés, erratiques, violents et en tous sens, gestes froids. Et les cris. Halètements rauques, respirations aiguës puis graves, cris d'enfant, cris verts, jaunes, bleus, râles silencieux, cris organiques.

La petite sœur ne dit rien durant ces minutes, elle les subit passivement, langoureusement, avec toute la patience qu'elle peut extirper de son être. C'est une torture pour elle tant sa grand-mère, qu'elle aime par-dessus tout, crie, bouge, grimace hideusement. Seul Papou, qui lui parle tout doucement, parvient à apaiser Mamine et à la libérer de cette prison dans laquelle son cerveau défaillant la cloître de plus en plus fréquemment.

Deuxième attaque de sénilité. Un désastre. Mamine ne parle plus, ne mange plus, n'est plus autonome. La petite sœur ne vient plus la voir, ou très peu. À la place, elle se drogue. Un milliard de traces de cocaïne dans le nez. Pour ne pas avoir à assumer ces heures mornes. Le dépérissement de sa grand-mère la mord à pleines dents, entretient son effarement d'avec la vie. Sa sensibilité tranchante. Si c'est ça, vieillir, elle en veut encore moins, de cette action implacable du temps. De désespérée de mourir (comme tous les Hommes), la petite sœur devient bien vite désespérée de vivre. Comme tous les poètes.

Et elle le raconte inlassablement à la cocaïne qui lui répond en retour que, pour cette nuit au moins, *tout va bien*.

Comment peut-il ne pas y penser alors qu'il se met à l'étrangler ?

la petite sœur pour toujours

Parfois, la douleur m'abandonne. Quelques minutes, quelques heures. Le matin, le soir. C'est imprévisible. Mais ça me laisse un peu de temps. Pour replonger dans mes souvenirs.

Je repense souvent à l'Afrique, à ces sages du fond de la brousse. Ceux qui donnèrent à la petite sœur son surnom. *La vieille*. Je ne sais toujours pas comment ils surent déceler, au fond de ses yeux noirs, cette vieillesse impériale. Étaient-ils des êtres humains ou des ombres ? Avaient-ils marché à travers toute l'Afrique et tous les autres paysages de ce monde et cela leur conférait-il la faculté de voyager à travers les âmes ?

Ils durent offrir à la petite sœur, très tôt, en plus de son surnom, la texture d'une sagesse oubliée. Et la petite sœur dut simplement les remercier, dans un sourire, par politesse, comme on le lui avait appris. Sans penser à faire passer leur message à d'autres cœurs fatalement épris comme elle d'un désir sauvage de bonheur.

Mais elle n'était encore qu'une toute petite fille dans la brousse.

La petite sœur était beaucoup trop sage pour ce monde ; jamais il ne pouvait être le sien. Nous, on allait à la fête pour s'amuser, et on dansait et on riait et on se droguait, jusqu'à bégayer une diction creuse. La fête, les soirées agissaient comme autant de catalyseurs pulsionnels pour nous, ou simplement comme des pourvoyeuses de vertiges. Nous, on voulait séduire ou être séduit, on voulait admirer ou être admiré, baiser ou être baisé. Peu importait la raison pour nous autres, finalement, c'était sans intérêt, c'était d'une multiplicité folle et inconcevable. Ce qui comptait, c'était qu'on faisait ça sans importance, sans y prêter attention, parce qu'il fallait bien s'occuper le samedi soir et puis de toute façon on ne voyait pas les étoiles à Paris.

Je me rappelle toutes ces soirées… C'était toujours un même transport vers une béatitude somptueuse. C'était en ça qu'on était riches, tous autant qu'on était : on évoluait dans l'artificiel.

Pas elle, pas la petite sœur.

Elle prospectait dans les nuits peut-être un nouveau jour où voir poindre encore un peu d'une solennité éblouie.

C'était en ça qu'on se trompait aussi. On pensait que notre posture était universelle. Et j'étais heureux d'avoir la petite sœur avec moi, car elle était belle, brillante, cultivée. Je n'étais pas le seul à la trimballer ainsi, mais j'étais certainement celui qui l'arborait le plus fièrement, tout près, juste là, à mes côtés, qui la montrait et clamait : regarde Paris ! ce que j'ai trouvé au bout du temps, un drôle de joyau plus ténébreux encore que toutes tes lumières !

La petite sœur tentait vainement de se polir auprès de la troupe parisienne des jeunes âmes et de leur univers psychédélique stérilisé. Elle y transportait sa vieille carcasse contaminée et assombrie. Au milieu de cette fête hygiénique qui assainissait les passions dans l'étuve d'un bonheur salubre, la petite sœur, cette vieille cave qui contenait en elle le microbiote d'une sensibilité infectieuse, se rêvait éternellement lavée des souillures vivantes.

la petite sœur pour toujours

Les journées sont lentes, cimentées. Nous sommes un peu plus de quatre mois après la disparition de la petite sœur. Un hiver sec.

Sans elle, une tristesse insondable.

J'ai décidé de me suicider.

Ne va-t-il donc jamais défaire son emprise ? Ses mains rivées à la nuque de la petite sœur comme les deux pinces d'un crabe. Elles laissent sur sa peau des lignes de sang, résultantes de l'explosion des capillaires du cou sous la pression des doigts.

Il étrangle la petite sœur.

Il se change en monstre.

Vers la fin de la maladie de Mamine, la petite sœur prend des décisions inattendues. Elle commence par se tatouer une rose noire sur les côtes. Pour rendre hommage à sa grand-mère – les roses étaient leurs fleurs favorites à toutes les deux. Elle décide également qu'après médecine, elle deviendra psychiatre. Son sentiment d'impuissance devant l'agonie de Mamine a arrêté sa décision. Mais elle se dit aussi que choisir de guérir l'âme humaine pourra peut-être l'aider à se soigner elle-même. Car la petite sœur réalise enfin son addiction grandissante. Elle voit maintenant ce syndrome qui lui entame les chairs et la place qu'il commence de prendre dans sa vie.

La vocation de la petite sœur naît de l'appel de ses impuissances.

Pour leur répondre, elle va partir. Depuis que notre mère a tout dit à Papou, elle ne veut plus rien avoir affaire avec elle. Elle rompt tout contact et ne veut même plus en entendre parler. Elle quitte l'appartement de famille, sa chambre, notre Sophie. Et moi. Dans un premier temps, elle habite chez une amie. Je l'aide à y transporter ses affaires. Puis, je l'accompagne lors des visites pour trouver un nouveau logement. Elle loue un tout petit studio près de la porte de Bagnolet, qu'elle tient à décorer comme un palais. Une fois installée, elle adopte son chat.

Notre mère finit par comprendre qu'elle ne peut ni ne doit la contrôler. Elle accepte un poste en Guadeloupe. Une nouvelle vie débute, caressée par l'espoir. Nous pensons tous, notre mère comprise, que son éloignement apaisera les choses. Et que le déménagement de la petite sœur lui permettra de changer d'horizon. De prendre un nouveau départ.

Mais on a tort. Elle ne peut plus s'en empêcher. C'est devenu en dehors, au-delà de sa volonté. Elle continue les soirées, les traces de coke à l'appartement ou dans les toilettes des bars. N'en apaise ni le rythme ni la fréquence. Elle garde aussi l'habitude de m'appeler les lendemains. Je lui répète inlassablement que ce qu'elle fait ne me déçoit pas. Que ça me fait simplement peur et rien de plus. J'essaie de tempérer la violence de ses descentes. Elle me parle de notre Sophie, de Papou. Je lui explique qu'eux aussi l'aimeront quoi qu'elle fasse, et que c'est précisément pour cette raison qu'elle doit se soigner. On commence à parler de cure de désintoxication. Elle n'est pas réfractaire à l'idée. Mais elle n'est pas encore prête. Dans l'intervalle, je passe certains samedis soir à ses côtés, dans son petit studio. Je tente de la distraire comme je le peux, de la détourner du manque de cocaïne. Une fois on passe la soirée à rire devant un film d'horreur. L'autre fois on fait la fête, on boit, on rit, on danse. Je finis par m'endormir. Lorsque je me réveille, je m'aperçois que la petite sœur n'a pas dormi chez elle.

Ce que j'ignore à ce moment, c'est qu'elle consomme dorénavant aussi pendant la semaine. Avec qui ? Dans quel but ? Elle ne le sait plus bien. Ses défonces ne sont plus transcendantes. Elles deviennent physiologiques, instinctives. Elle n'en extrait plus aucune plénitude. Que du remords. L'édifice s'effondre, lézardé de l'intérieur, victime de ses propres failles. La petite sœur n'avait pas prévu ça : elle ne pensait pas devoir aller mieux un jour.

Sa vie est morcelée, éparpillée en divers lieux comme après un brasier. La coke crame sa vie à petit feu. La petite sœur tente d'en recoller les parties fumantes et poussiéreuses. Elle se bat avec énergie contre ce démantèlement sur lequel elle n'a plus aucune prise. Contre cette nouvelle spatialité de sa vie que lui impose la cocaïne : les sorties qui démarrent et aboutissent n'importe où, sans prévenir, souvent très loin de la porte de

Bagnolet, à l'extrême opposé de ce qui ressemble, après la cocaïne, à un chemin de pénitence.

N'y tenant plus, épuisée, la petite sœur finit par accepter la désintox après une nouvelle descente difficile. Cependant elle refuse encore toute aide qu'elle considère trop intrusive. Elle tient à accomplir seule toutes les formalités d'admission. Elle reste aussi fière qu'elle l'a toujours été. Fragilisée par la maladie, elle est simplement plus contradictoire. Elle ne veut pas revenir vivre avec notre Sophie et moi (même maintenant que notre mère est partie à dessein, pour qu'elle le fasse). Mais elle se plaint toujours de sa solitude. Elle désire payer entièrement la clinique pour que notre mère, dit-elle, n'ait plus aucune forme de contrôle sur sa vie. Mais tous ses agissements ressemblent à s'y méprendre à des appels à l'aide qui lui seraient adressés. La seule chose qu'elle concède, c'est que je vienne déjeuner à la clinique toutes les semaines. C'est lors de ce premier séjour que ses concerts de piano réuniront autour d'elle Michel le motard ainsi que Frédéric.

la petite sœur pour toujours

Se suicider.

Seul moyen de ne pas avoir à vieillir autant qu'elle. Vieillir vieillir vieillir vieillir vieillir. En tout point irréalisable. Je n'ai pas son courage.

De l'alcool. Des antidépresseurs. Dans la rue, devant un passage piéton. Qu'est-ce que je fous là ? Boulevard Stalingrad. Les voitures glissent sur le bitume à pleine vitesse. Feu vert. Un pas en avant. Les voitures vont vite… je n'aurai pas mal… Pourquoi ? Pour en finir. En finir maintenant avec ces souvenirs ravageurs qui me harcèlent. Avancer encore… encore… et ce sera terminé… bientôt… enfin… La tête me tourne, j'ai envie de vomir. Plus qu'un pas… une clôture logique, apaisante.

Feu rouge.

Le flot de véhicules s'arrête net. Je reprends mes esprits. Je lève la tête. Personne ne me regarde. Je fais demi-tour.

Je n'ai pas eu le courage d'accomplir ce vers quoi me transporte chaque respiration formée au creux de la courbe de mes joues. Sauter sous ces voitures, ça aurait été choisir de ne pas obéir à cette mécanique d'absurde, la mort vidée de son constituant primaire : la liberté annihilée.

Ça aurait été rendre justice à la petite sœur car c'est un choix qui lui fut dérobé.

Cette semaine suspendue, le cliquetis des mâts qui s'entrechoquaient doucement. C'était Mamine qui était suisse, ou plutôt sa mère. Mamine aurait pu l'être aussi mais son père, qui avait combattu dans les tranchées, avait exigé de sa femme qu'elle abandonne sa nationalité à leur mariage.

Mais il y avait tout de même ce lac cerné de pics, il y avait tout de même ce grand bateau blanc aussi, avec une roue carmin au flanc et une cheminée orange. Il en faisait du bruit, ce bateau, un vacarme de tintamarre, quand il entrait dans un port. Il transportait les personnes d'une ville suisse à l'autre : de Villeneuve au château de Chillon, de Chillon à Montreux, puis de Montreux à Vevey, et il recommençait. Il transportait des légendes, aussi : l'impératrice Sissi y était décédée poignardée au cœur par un déséquilibré.

On était monté à bord avec la petite sœur, et on avait rejoint le pont extérieur pour profiter de la vue sur le lac. Le capitaine faisait retentir la corne de brume et des cygnes décollaient en claquant des ailes sur le passage du gros navire qui brisait le lac en deux.

Là, la petite sœur s'était accoudée à la balustrade, au-dessus de la roue gigantesque et de son bouillonnement embusqué. L'écume et le vent faisaient battre ses cheveux, elle portait un petit ciré jaune, elle me souriait : je l'ai prise en photo.

Mais il y avait tout de même la maison, aussi, celle de notre arrière-grand-mère que l'on surnommait « La Petite Maison ». Elle avait des volets rouges et un poème de Victor Hugo affiché dans l'escalier biscornu qui menait au grenier. À l'étage, la vue s'étendait sur le port jusqu'au rivage d'en face. Le matin, une brume cotonneuse dissimulait l'eau pour ne révéler que les sommets blancs qui l'entouraient, ressemblant aux pointes des flammes d'un incendie de neige. Enfants, la petite sœur et notre Sophie y venaient tous les étés avec Papou et Mamine, pour se baigner dans le lac et jouer au backgammon sur les plages de galets. Chaque fois qu'elle revenait ici et se souvenait de ces jours hauts et tranquilles passés avec ses grands-parents, la petite sœur vieillissait de bonheur. Quelque temps après le décès de Mamine, on avait passé une semaine à se promener le long de l'eau et donner du pain aux canards. Lors d'une de nos sorties, la petite sœur avait croisé l'énorme fourchette plantée dans le lac. C'était une sculpture d'art moderne qui l'amusait beaucoup. Elle se plaisait à dire qu'un géant qui dînait avait fait tomber son couvert venu se ficher là, dans la roche sédimentaire du Léman.

Trottinant sur la jetée azurée et sous les comètes, habillée de son ciré de canari, la petite sœur détenait une grâce de solfège, minutieuse et envolée.

Plus en avant, un peu après l'embarcadère du gros bateau, une statue de Charlie Chaplin contemplait, pour toujours esseulée, les immenses montagnes en face. Arrivée devant Charlot, la petite sœur s'était immobilisée. Elle s'était baissée et avait détaché une rose du parterre de fleurs à ses pieds, l'avait glissée dans la boutonnière de bronze puis était repartie en sautillant, légère, sans même remarquer qu'elle venait de réussir à faire pleurer une statue.

la petite sœur pour toujours

Peu après la tentative de suicide, les crises apparaissent. Elles sont une sensation étrange, nouvelle, une souffrance qui n'a pas de nom, que je ne peux pas prévoir.

Elles se passent principalement la nuit. En dépit des somnifères, je me réveille en sueur et en larmes, fiévreux. Mon pouls bat vite et cogne fort contre la paroi de mes artères. La tête me brûle. Mon sang est devenu si épais que je perçois son cheminement dans tout mon être. J'ai l'impression qu'il charrie du verre. Il racle la paroi de mes veines et se coagule. Sa circulation n'est plus un réflexe, je dois le forcer consciemment à tourner en moi.

Je perçois la rotation de l'existence.

Je me sens littéralement vivre.

Sans la petite sœur, c'est devenu impossible.

Que s'est-il passé entre ces deux âmes ? Se sont-elles aimées ? Elles ont dû s'aimer. La petite sœur au moins. L'autre, je ne sais pas. Je ne veux pas savoir. Peut-être le prétend-elle. Elle ne put apprécier l'amour de la petite sœur, s'en saisir. Elle a perdu un trésor.

Elle n'est pas considérable.

Ces âmes se rencontrent et tout explose.

Elles se rencontrent et font exploser le ciel.

Tout s'embrase autour d'elles – haute idée de l'éclat – comme ça n'aurait jamais dû. Un secret de la violence, c'est finalement l'imprévisibilité. C'est parce que ça n'aurait pas dû être que c'est si terrible. La petite sœur le sent, elle le sait. Elle ne me présente pas David. Je le connais déjà pourtant. Je l'ai vu une fois, peu de temps après le début de sa première cure. Alcoolique, la quarantaine, un petit garçon dont il ne s'occupe pas. David s'imbrique naturellement au sein de la clinique de désintox. Il en est le produit biologique parfait. Aussi austère que ces murs dont il semble n'être autre chose qu'une pierre supplémentaire. Qu'une excroissance. Mais ce ne sont pas ces murs qui le retiennent : il est prisonnier, prisonnier à l'intérieur de lui-même. L'alcool a redessiné son visage, en a modelé les courbes, arrondi les angles du front et creusé les joues. Son squelette affleure sous la peau comme s'il essayait de s'évader de cette prison tiède.

David et la petite sœur terminent leur première cure à peu près au même moment. Ni l'un ni l'autre ne sont guéris. Ils deviennent amants. Comme pour se faire mutuellement oublier la défaillance moribonde de leurs âmes.

David est inexplicable pour moi. Du moins lui avec la petite sœur. Cette dernière sent que je ne parviens pas à comprendre. Elle ne m'en parle que du bout des lèvres, l'évoque timidement comme si elle avait honte. Elle refuse obstinément que je le rencontre.

Il y a là-dedans une sorte d'aboutissement des recherches de la petite sœur pour cet amour impossible dont elle rêve invariablement. David a dû lui dire en premier qu'il l'aimait et la petite sœur, fragilisée par sa maladie, s'est jetée avec toute la sauvagerie de son espérance sur l'attention que cet homme lui accordait. Une relation irraisonnée et candide, des sentiments de posture, incompréhensibles, désordonnés, des émotions plein feu. La petite sœur se rêve amoureuse transie, elle se sent recherchée, flattée, l'importance d'un autel. Alors pour remercier David, elle lui écrit des poèmes qu'il m'avoue plus tard ne pas avoir compris.

David commence à habiter chez la petite sœur, dans le studio de la rue Pelleport. Bien vite, ils reprennent les excès. Ou les excès les reprennent. Ils se nourrissent tous deux de l'addiction de l'opposé autant qu'ils l'alimentent. La petite sœur initie David à la cocaïne. Mais c'est également elle qui lui annonce un matin, après une soirée de défonce partagée, son envie de retourner à la clinique pour se soigner. Définitivement.

Alors David l'étrangle et il perd pour un instant toute son humanité. Ça se passe comme ça : il ne supporte pas l'initiative. Son emprise sur elle risque de s'affaiblir. Ils se disputent après qu'il a commencé à protester et il la saisit au cou : serrée... serrée la poigne... serrés les doigts... compressé le tout petit cou... et il la repousse violemment sur le lit.

Alors qu'il se détourne, elle s'empare de son portable et m'écrit un message pour que je vienne à son secours. Je ne le vois pas tout de suite. Lorsque je m'en apercevrai, tout sera déjà terminé.

Quand il découvre ce qu'elle fait, David se met encore plus en colère. La petite sœur court se réfugier dans la salle de bains et ferme la porte à clef. David frappe, frappe, il tambourine, secoue la porte, il voudrait arracher cette porte ! Sa colère sans borne...

Il finit par lui prendre son téléphone portable ainsi que son ordinateur, pour l'empêcher d'appeler à l'aide. Il sort. La petite sœur en profite et interpelle un passant par la fenêtre qui prévient la police.

Lorsque David revient, la police et les pompiers sont là. Mais la petite sœur refuse d'aller à l'hôpital tout autant que de porter plainte. Elle est profondément choquée et veut simplement que tout le monde s'en aille, qu'on la laisse tranquille. Elle voudrait dormir.

David est sommé de lui restituer ses affaires et raccompagné à la station de métro la plus proche par les policiers. C'est à peu près à ce moment que je vois son message. Au téléphone, elle me dit que ça n'est pas la peine que je vienne, qu'elle veut juste se coucher et dormir. Elle m'apprend également que David est revenu, qu'il se trouve devant sa fenêtre et l'appelle. Mais elle m'assure qu'il ne peut pas entrer chez elle. Elle va prendre des somnifères pour ne pas entendre ses cris.

À terme, il n'y aura pas un, mais quatre dépôts de plaintes.

Apprenant qu'elle a réintégré la clinique peu après avoir réemménagé avec notre Sophie et moi, David se met à dormir au fond d'un garage à proximité. Le soir, ivre mort, il hurle le nom de la petite sœur sous sa fenêtre. Elle est terrorisée. Elle ne veut plus sortir, elle ne peut plus participer aux activités de plein air. Car David menace maintenant de l'égorger si jamais il la croise.

Alors nous y allons. Nous allons le déloger. Pour elle. Contre lui.

Ma mère, notre Sophie, mon meilleur ami et moi. Tous les soirs. Chacun notre bombe au poivre dans la poche. On le force à partir. David craque et finit par abandonner. La petite sœur n'entendra plus jamais ses cris.

Il finira interné dans un hôpital psychiatrique.

la petite sœur pour toujours

Ces crises se déclenchent quand je l'imagine, consciemment ou non, dans un cercueil sous la terre. Je suis torturé par cette vision comme par une angoisse folle. Elle me hante, me suit partout. Tout le temps. Jusque dans mes rêves.

Ma petite sœur en poussière.

La petite sœur, ce très vieux poème, rêvait d'amour plus que de toute autre chose au monde. Sa vie se déployait intimement dans ce but, ça se voyait dans le fond de son œil de pierre, de lave fossilisée, qui partout, sur tous les sommets et dans toutes les ravines, croyait lire le verbe *Aimer*. Les amours détruites de sa mère jugées indignes ; en opposition les amours de rechange qu'elle récoltait au gré de ses partitions de piano et de ses poésies, et qui nervuraient la trame de tous ses songes du soir. Surtout un amour en particulier, qu'elle ne connaissait pas encore mais dont elle était certaine, qu'elle attendait, qu'elle espérait, qu'elle sentait vibrer en elle, le premier et le dernier de tous, l'amour qui transcende, qui enfante et qui sauve, l'amour monumental enfin, comme si l'on édifiait au milieu de la vie une sculpture insensée. L'idée qu'elle s'en faisait était si parfaite, elle se sentait écrite pour cela comme infusée par lui. Et moi qui me moquais d'elle et de cette croyance enfantine à laquelle elle s'accrochait intensément. Je ne me retenais pas de rire quand elle évoquait cette idée, priant la petite sœur de mûrir un peu. Alors elle brandissait en bouclier l'exemple de nos grands-parents, et tout ce que je pouvais dire par la suite n'avait plus aucune espèce de forme.

Il aurait été facile de mettre tout ça sur le compte d'une candeur trop étroite. Il y avait en vérité dans cette croyance – devenue certitude pour elle – des motifs invariants et aussi une religiosité fervente et attendrie. Le doute n'y avait aucune prise. Non pas en raison de la trop grande dureté de la petite sœur, ou d'une certaine constance inattaquable de son être, mais bien l'inverse : son infinie mélancolie, sa douceur boréale. La petite sœur était un vieil être tragique, un Cyrano qui n'appelait rien de moins qu'un amour à sa hauteur, elle se trimballait avec cette sorte d'infirmité partout, sans jamais s'accorder le moindre répit.

Mais en attendant de rencontrer cet amour d'insolence romanesque auquel elle croyait vaille que vaille, la petite sœur devait se contenter de notre histoire d'amour à deux. Elle avait moins de charme, elle était moins confuse, moins incendiaire, moins désordonnée, moins captivante, elle était ce qu'elle pouvait. Mais enfin elle était là, elle avait ce mérite d'exister, fraternelle et tranquille, inaliénable à la force des éternités qui s'égaraient. Elle nous préexistait ; elle nous survivra. Elle était la science face à la foi. Elle se forgeait dans tous ces poèmes que j'écrivais juste pour les lui offrir et qui s'empilaient dans son âme, dans tous ces concerts de piano auxquels elle m'invitait, avec ou sans Papou, rue du Bac, à la salle Pleyel, sur l'île de la Cité, dans toutes les fêtes où on dansait ensemble, et dans tous les livres qu'on s'échangeait, dissimulée entre leurs lignes éparses. C'était cette histoire, aérienne et futile, bien vite effacée de la mémoire de l'humain si transi d'ambition romantique – que voulez-vous – qui pourtant perdurera.

C'était cette histoire, notre histoire… la petite sœur et moi.

Notre histoire sans fin.

la petite sœur pour toujours

Un soir dans Paris. Je suis devant l'appartement de la petite sœur porte de Bagnolet, assis sur le trottoir d'en face. Je passe certaines de mes nuits ici, à attendre que la lumière à l'intérieur s'allume. Je fais défiler des photos de la petite sœur sur mon téléphone en restant assis là, en général jusqu'à trois ou quatre heures du matin. Puis je rentre me coucher. Sans que jamais rien bouge à l'intérieur. Ce soir-là, je remarque sur l'une des photos la petite croix en or qu'elle portait constamment autour du cou.

Dieu. La petite sœur y croyait avec acharnement. Malgré son baptême tardif à cause de l'Afrique. Je pense qu'elle voyait en Dieu l'image de son père disparu. Tous deux avaient la même forme nébuleuse dans son esprit. Elle ne contestait l'existence ni de l'un ni de l'autre, considérant leur inactivité comme un fardeau mais se reposant sur leur souvenir.

Je crois qu'elle aurait aimé que Dieu se manifeste. Surtout pendant les messes du dimanche avec son grand-père, ces moments de communion intenses entre sa solitude et son amour désemparé. Elle lisait dans la Bible la parenté invraisemblable de l'humain avec Dieu. Elle se disait qu'elle en faisait partie, sans jugement, sans culpabilité, que toutes ses fautes seraient pardonnées. Qu'elle possédait un ailleurs du seul fait de vivre.

Moi, j'espère que Dieu n'existe pas. Je ne pourrais jamais lui pardonner d'avoir laissé ma petite sœur mourir.

Moi, j'ai la preuve que Dieu n'existe pas : la petite sœur ne peut vivre d'éternité en mon absence.

Que fait-elle de toutes ces heures qu'elle passe loin de moi ? Comment est-ce que je fais pour ne pas m'en soucier ? Le martyre, je ne vois pas, le martyre, le martyre, je m'aveugle et je ne vois pas que la petite sœur souffre le martyre. Elle ne parle plus de rien à personne, et moi je ne prends jamais la mesure de cette détresse. Et moi qui devrais faire plus, et moi qui devrais faire mieux. Et moi, et moi, qui la tue de ma somnolence.

La petite sœur atteint à ce moment un autre stade de cette démence qu'est l'addiction. Sa maladie ne lui sert plus, comme la vie qui ne sert pas, qui se contente d'être sans rien dévoiler. La dépendance devient vitale et devient sa vie. Tout ce qui compte maintenant, c'est sa dose journalière : une, deux, quatre, cinq… dix lignes blanches, dix rails de coke – un minimum. Parfois un gramme tout entier. Le matin à la place du café. Ou bien le soir, à la lumière de sa lampe de chevet. N'importe où, n'importe quand. Mais toujours seule, dorénavant. Par honte. Par dégoût d'elle-même. La paix est terminée, place au festin de l'âme. La petite sœur est dévorée de l'intérieur.

À l'une de ses meilleures amies, elle écrit un jour par texto qu'elle n'en peut plus, qu'elle ne s'en sort pas. Elle veut désespérément savoir quelles seront les conséquences : la folie ? La mort ? Ou pire encore : la mort folle. Elle cherche la réponse sur Internet, pose la question à ces satellites solitaires loin là-haut dans l'espace. Son historique de recherche révèle des mots comme « épilepsie », « surdoses », « atteintes cérébrales dues à la cocaïne », « addiction », « conséquences pour le cerveau » … Il est bien loin le temps où la drogue était son salut et où notre mère lui offrait une excuse. La petite sœur veut l'appeler au secours. Elle ne sait plus pourquoi elle tape de la coke. Elle ne sait plus comment, elle ne sait plus rien. Elle est malade, follement malade. Malade à faire peur.

Et la Seine saigne au milieu de Paris et peut-être ma petite sœur parle-t-elle de s'y jeter. Peut-être pense-t-elle s'envoler de ses bords pour ne plus jamais atterrir. Ma petite sœur est peut-être si désespérée sous les étoiles qu'elle désire les rejoindre. Acculée, sans échappatoire, aucune autre issue possible. Tordue d'épouvante par son addiction, ma toute petite sœur parle maintenant de se suicider.

Durant tout le temps que dure sa maladie, la vie persiste à s'abattre sur elle comme un tonnerre inconscient. Tous ses plus grands malheurs se concentrent sur une période bien trop courte. Cette nuit, elle dort paisiblement. Elle ne vieillit toujours pas comme avant. Son addiction ne lui en laisse plus l'espace. Mais tous ces sommeils que la maladie ne vole pas sont autant d'instants où elle ne fait pas trop de bruit. Pendant ce temps, loin dans le monde, comme un écho brutal à cette tranquillité, l'annexe d'un catamaran heurte une bouée métallique dans un port de Saint-Vincent-et-les-Grenadines. L'un des passagers passe par-dessus bord, le crâne éclaté. L'autre, une femme, se brise la jambe dans le choc. L'homme refait surface quelques secondes plus tard, expirant de l'eau mêlée à son sang. Il ne survivra pas. Comme beaucoup d'autres de ces aventuriers qui arpentent les mers de nuit. Parmi la foule des anonymes terrestres, il y a cette race qui se dit : et pourquoi pas ? Toutes ces personnes happées en avant par ce désir éperdu de l'aventure. La petite sœur ne peut pas pleurer toutes ces injustices, tous ces membres ôtés prématurément du grand corps humain. La mort de cet homme en revanche, son oncle par alliance, sera pour elle un inattendu d'une violence rare.

Ça remonte à une autre époque. La petite sœur a quinze ans. Son esprit n'est pas encore accaparé par la médecine. Elle rêve toujours de devenir vétérinaire. Comme cet oncle et sa femme, notre tante. Ils dirigent ensemble une clinique pour animaux et la petite sœur veut y effectuer son stage de troisième. Pour que notre oncle accepte, elle déploie un numéro de séduction clownesque qui dure tout le temps d'un dîner de famille. Elle, usant à profusion de supplications faussement larmoyantes. Lui, sa grosse gueule en avant, tapant du poing sur la table et dont les refus amusés partent dans un rire de centaure. Eux, leurs éclats de rire qui s'entrechoquent et peignent un dialogue empli de drôlerie qui devient vite une légende familiale. La semaine de stage passée ensemble les rapproche beaucoup. Une photo les montre en train de danser lors d'un anniversaire de mariage. L'un dans les bras de l'autre.

Un peu moins d'un mois après cet accident de bateau, Mamine décède dans son lit après deux longues années de déchéance. Puis, quelques semaines plus tard, David agresse la petite sœur.

L'église Sainte-Clotilde où elle allait à la messe avec son grand-père. Elle tente de s'y réfugier maintenant. Mais ces tours pointues élancées vers l'abîme bleu ne sont qu'une prison de remords, et Dieu son sinistre geôlier. Dans le confessionnal, elle laisse entendre son désespoir et cette existence qui lui devient insupportable. Ce n'est pas assez de perdre sa grand-mère et son oncle, et aussi son addiction qui lui dévore l'être chaque jour. Voilà en plus qu'elle vient de mourir un peu elle-même. Quelques jours plus tôt, elle a avorté. Le garçon ne s'est plus jamais manifesté à partir du moment où elle lui a appris la nouvelle. Je suis le seul, à part lui, à qui elle révélera dans l'immédiat son secret. Mais ici, elle refuse mon aide. Elle se sent salie. Pour la prise des comprimées, elle reste seule à saigner dans son petit chez-elle. Elle ne veut personne autour, malgré le danger, malgré la douleur. Je lui fais promettre de m'appeler au moindre problème. C'est tout ce que j'obtiens. L'avortement terminé, elle ne se reconnaît plus. Dieu, ce salaud notoire, l'écoute satisfait se confier à un prêtre. Dévot imbécile d'une bigoterie aveugle, ce dernier lui conseille de donner un prénom à la cellule qu'elle vient d'éliminer. Ce qui ne fait qu'aggraver son sentiment de culpabilité.

Alors la petite sœur, comme privée de sommeil, pauvre pécheresse à l'esprit englué, erre dans l'église. Là, parmi les cierges dont la lueur tressaute, plus jeune qu'elle ne le fut jamais, elle ne peut se rendre compte que ce n'est pas elle qui est coupable mais Dieu qui, grand manipulateur d'âmes, réussit une fois de plus sa tâche millénaire de mettre un être humain à genoux.

la petite sœur pour toujours

Ma petite sœur, que le monde a dévastée, était un combat perdu d'avance qui, pour cela, précisément, méritait d'être mené.

Il y avait encore eu un dernier moment fondamental dans l'histoire de la petite sœur, c'était lorsqu'elle avait prononcé ses premiers mots. Vous n'aviez pas remarqué ? Qu'elle n'avait rien dit depuis le début de l'histoire ? Elle devait finir par le faire, c'est juste qu'il fallait voir à ne pas trop la presser. La petite sœur était une très vieille personne et, en tant que telle, avait besoin de beaucoup plus de temps pour accomplir des choses qui, à nous autres, semblaient dérisoires.

Ma mère était comme vous, à se presser pour entendre sa voix qui, contrairement à ce que l'on pouvait penser, n'était pas chevrotante. Mais il fallait la comprendre : la petite sœur qui prononçait quelques mots, ça n'était jamais arrivé ; ou peut-être que si, mais alors il y a très, très longtemps…

Avant les paroles, il y avait eu les promenades dans le bois de Boulogne lorsque la petite sœur était encore pensionnaire à la clinique. Enfants, on allait au bois tous les dimanches suivre à vélo notre mère qui faisait son jogging. La petite sœur et sa mère – toujours silencieuses – s'étaient mises à faire de longues promenades dans les allées du parc pendant les visites. Le bois baignait si fort dans la lumière du soleil que les étangs semblaient des miroirs, et la petite sœur avait alors pu se rendre compte de cette arrogance de vie chez notre mère, de cette obstination à l'épreuve de tous les saccages de l'existence. Elle avait humé la senteur arborée du vent qui serpentait entre les feuilles et cela l'avait aidée à se souvenir : ces paroles d'amour si longtemps oubliées, presque perdues. Presque... mais pas définitivement. C'était impossible.

Notre mère lui avait détaillé ses projets d'avenir pour elle, et la petite sœur avait embrassé ses idées d'un hochement de tête noyé de sourires. L'idée de passer ensemble deux semaines en Guadeloupe avait émergé de ces promenades nimbées du parfum des arbres.

Au retour d'une fête de famille où tous les invités l'avaient trouvé radieuse au milieu de ses tourments, comme transformée, on était assis tous les deux à l'arrière de la voiture qui nous ramenait vers Paris, notre mère au volant. La petite sœur m'avait fait un signe de la main pour que je me rapproche, elle s'était penchée vers moi et m'avait confié tout bas, dans le silence de la route, en un murmure presque inaudible :

— Tu sais Antoine, je crois que j'ai retrouvé ma maman.

Raté pour l'inaudible. La petite sœur venait, à cet instant précis, d'enflammer toute l'atmosphère.

Et ma petite sœur et sa maman se rappelaient toutes deux qu'en dépit du temps et de ses larmes – ou peut-être un peu grâce à lui –, jamais elles n'avaient cessé de s'aimer.

la petite sœur pour toujours

Cette photo la montre qui apprend à marcher. Je l'ai retrouvée dans les affaires que notre mère a rapportées de Guadeloupe après son décès. C'est en Afrique, au Cameroun. Ma mère la tient par les mains. Un large sourire inonde son visage. Elle a les cheveux noirs coupés très court, à cause de la chaleur.

Et toujours son regard immense.

Tout petit enfant il paraît que je ne l'ai pas tout de suite acceptée, que j'ai même tenté de lui faire du mal. Elle était du changement dans l'Afrique immobile, elle s'imposait au milieu de mon frère et moi, elle n'était pas un garçon. Elle accaparait l'attention de tous, des amis, des voisins, de ma mère. De l'Afrique. Elle était ce qui n'aurait jamais dû être.

Elle était étrange et vieille.

Pour ma mère, il en a été tout autrement. Elle qui rêvait d'avoir une fille. Elle a tout de suite considéré la petite sœur comme un trésor, une merveille inattendue.

Et l'amour qu'elle a éprouvé pour elle fut, dans l'instant et pour toute une vie, de démesure.

Bientôt. Bientôt, on demeure interdit. Bientôt on se demande d'où ça lui vient, cette fougue. Comment le peut-elle ? La petite sœur devrait être agenouillée et elle se relève. On cherche une explication. La tristesse des choses est pourtant si grande… Mais là… là, ça va beaucoup trop vite ! (Les Hommes et leur logique.)

En quoi est-ce que ça concerne la petite sœur ? Elle est en train d'accomplir un exploit qui se moque des justifications.

Alors on se tourne vers moi – je suis censé la connaître –, mais je ne veux rien dire. En réalité, je crois que la solution est à chercher du côté de son intelligence, mêlée à cette sorte d'expérience de la vie qu'elle tire de sa vieillesse océanique. Son agression est l'élément déclencheur, le point de non-retour. Elle l'a d'ailleurs sûrement réalisé au moment même où David osa se jeter sur elle.

La petite sœur est mise face à un choix décisif. Elle pourrait se réfugier dans la cocaïne et faire avec ce malheur ce qu'elle a fait avec tous les autres : remonter le temps à coups de rails de coke et rajeunir tant et si bien qu'elle en arriverait au moment où il ne s'est pas encore produit. Exister ainsi éternellement, au moyen de la drogue, dans une illusion sans cesse renouvelée.

Mais en refusant de vieillir, en refusant le temps, la petite sœur nie du même coup tout ce qu'il contient. Ses beautés profondes, et surtout l'amour condition des tristesses.

Alors elle adopte la stratégie inverse. Entre survivre et renaître, il n'y a désormais pour elle plus de frontière. Ce faisant, elle me surprend et elle surprend tout le reste de ce monde. Cet homme, David, qui ne l'aimait pas, qui voulait simplement la contrôler. Qui alla jusqu'à l'étrangler. La petite sœur saisit du même coup ce qu'est vraiment l'amour. Car elle voit son grand-père et sa tante inconsolables devant la mort de ceux qu'ils aimaient. Et elle réalise bientôt que ce n'est que la preuve du bonheur qu'a été leur vie ensemble. Pour pleurer ainsi dans la mort, il faut avoir souri sans cesse dans la vie. Et la fête était un peu ça pour elle : la recherche d'un absolu de rechange avant l'absolu de l'amour. Mais dorénavant, la petite sœur réalise qu'il n'y a que le véritable amour qui puisse un jour la rendre à elle-même. Elle termine de réfléchir. Avec lui à ses côtés, son besoin de transcendance ne restera pour toujours qu'une envie.

La petite sœur décide donc de faire face. Elle en vient à opposer à l'addiction son courage corrosif et tout l'amour qu'il y a en elle. Elle bloque les numéros de dealers et d'amis toxiques. Elle quitte la désintox pour partir se sevrer en Guadeloupe, auprès de sa maman et loin des tentations. Elle abandonne aussi son appartement de la rue Pelleport et revient vivre avec notre Sophie et moi. Ses résultats de médecine s'améliorent. Elle est en passe de valider sa troisième année.

Elle reprend peu à peu le contrôle de sa vie.

Bien sûr, tout ne se passe pas toujours comme prévu. Elle a beau enfin vouloir s'en sortir définitivement, il n'est jamais seulement question de volonté avec l'addiction. Elle doit sans cesse lutter avec acharnement contre sa maladie. Sans repos, sans détour. À chaque seconde qui passe. À chaque battement de son cœur. Mais au moins elle sait dorénavant qu'elle n'est pas solitude. Et qu'elle ne le fut jamais. Elle sait qu'elle peut compter sur ses deux meilleures amies, sa mère, notre Sophie, Papou… Et moi.

La petite sœur en termine avec la peur, le manque, la résignation. Elle les abandonne sur le bas-côté, elle n'en aura plus jamais l'utilité.

Ma sublime petite sœur.

Une ride se forme au coin de son regard comme la marque d'une sagesse retrouvée.

Enfin… jeunesse au placard. Vieillesse reconquise.

Tellement sublime.

L'addiction n'aura jamais la petite sœur.

Elle lui a repris son âme.

la petite sœur pour toujours

Sa vie était une condamnation à mort à partir du moment où elle commença. Jamais la drogue, jamais la dope, jamais les rails, les traits, les grammes, les meuges, la cocaïne, jamais ce qu'elle sniffa, renifla, avala, bu, goba. Jamais l'addiction.

Que sa vie et toute sa vie, sa vie entière, pleine, vécue, rêvée, belle parce que condamnée et qui la laissa majestueuse au bout du chemin.

Un après-midi d'octobre. Au seuil de notre appartement. Juste au moment de partir. La petite sœur se pensait vulnérable, elle s'était découvert une force inconnue ; elle se croyait incapable de vivre, elle avait réappris à prendre le risque du bonheur. En Guadeloupe, elle s'était teint les cheveux en blond pour devenir une nouvelle elle-même. Dans l'avion du retour, elle avait promis à maman de revenir lui rendre visite très bientôt. Je regarde la petite sœur allongée sur le canapé près de notre Sophie. Elles rient toutes les deux. Comme la petite sœur n'a jamais ri depuis le début de sa maladie. L'abandon n'a pas été de son côté. Elle ne l'a jamais envisagé. L'abandon est pour moi. Cet après-midi d'octobre, j'ai abandonné ma petite sœur une nouvelle fois. Pour ne plus jamais la revoir. Elle porte un haut blanc… ses cheveux blonds perlent sur son visage… entourée d'un halo de lumière… inondée d'or… elle se tourne vers moi et me sourit… elle va bientôt partir. Cet après-midi-là, juste avant de m'en aller, je me souviens qu'elle m'avait souri. Peut-être était-elle heureuse, après tout, puisqu'elle m'avait souri. Et dans deux jours, la petite sœur va mourir. Je me souviens que je lui avais souri en retour. Il fallait qu'elle soit heureuse… Je me détourne.

J'abandonne la petite sœur pour toujours.

Après ça, la petite sœur n'a plus jamais existé. Elle m'a planté là, seul, face à la gueule d'une immensité, comme un nocturne en proie à des soleils. Je lui en ai voulu pour ça, une sorte de ressentiment à son égard. De longues minutes, de longues heures imperturbables, convenues entre sa mort et moi. Des temps langoureux de découverte d'une solitude ample, bestiale, forte, d'une solitude continentale.

Le jour de son enterrement on est allés maman, notre Sophie, Francis et moi, à la morgue, assister à la fermeture du cercueil. Jeannette, notre maman d'Afrique, est là aussi.

Toute la solitude monstrueuse de nos humanités en poussière se concentre alors en un instant fracturé dans le clair-obscur torturant de cette salle en vase clôt où gît le cadavre de la petite sœur. Sa présence dans ce cercueil est un tragique désemparé, une apocalypse sans sommeil, une barbarie dénuée de mesure. Là, à ce moment précis, tout est incroyablement pauvre. Appauvri d'elle.

La petite sœur morte, le monde se déleste d'un empire.

Au bout d'une heure, un homme vient fermer le cercueil. Le nom de la petite sœur apparaît, gravé sur la plaque en bronze fichée dans le bois verni. Je crois le détester cet inconnu, sombre inhumain qui ose nous séparer, avec la tristesse infinie de ceux-là qui réalisent bien trop tôt que les êtres humains ne sont rien d'autre que des dévastés du temps. Des désespérés de siècles.

J'effectue le trajet avec le cercueil de la morgue au cimetière. Seule maman est présente avec moi dans le corbillard. Elle vient juste de retrouver la petite sœur pour la perdre ensuite. La vie de maman se brise à la volée, ma mère est un éclat de verre, blessée de tant de violence, de soudaineté, d'immesurable, elle ne peut mesurer la perte de la petite sœur, sa quantité. La petite sœur était quantifiable et elle devient démesure.

En quittant l'institut médico-légal, la voiture remonte les rues de Paris la belle. Elle passe devant Notre-Dame, lentement, à cause des embouteillages. Dehors, des touristes se prennent en photo, le sourire aux lèvres. À l'intérieur, une main posée sur le cercueil je repense à tout ce qui nous a conduits à ce jour, la petite sœur et moi. Même si sa mort demeure un vertige sans raison, il y eut de la grandeur dans ce qu'elle accomplit, dans la manière secrète qu'adopta son voyage de l'absurde à l'absurde. Une grandeur momentanée et forte, que le néant ne pourra jamais nier. La petite sœur ne peut être niée. Elle a été. Paris est là pour en témoigner. Ce vieux colosse de granit se souvient bien d'elle. Elle a tracé certaines des rides de son visage : le petit appartement de la porte de Bagnolet, la ligne 3 du métro qu'elle empruntait tous les jours pour se rendre à la fac de médecine, la rue de Bourgogne et l'appartement de ses grands-parents où elle passa des heures si heureuses, l'hôpital Robert-Debré où elle faisait son stage de médecine, la clinique de désintoxication à Boulogne.

Là, partout où j'ai longuement erré pendant les nuits, égaré d'elle, la petite sœur a déposé un peu de sa beauté membraneuse, sa silhouette se reflète sur les dédales des rails souterrains, des rues sinueuses et grises. On peut y sentir un peu de son âme par là-bas, un peu de sa constellation. C'est tout ce qui reste d'elle, dorénavant, dans ce monde qui s'est lassé de son souvenir.

Arrivé au cimetière au milieu de toutes ces personnes que j'aime, je prononce quelques mots pour elle. Une pauvre justice. Un essai du cœur :

Comme toutes les jolies petites histoires, celle que je vais vous raconter débute à l'ombre d'un soleil. Et celui-ci est africain.

Peu après la naissance de ma petite sœur, revenu au Cameroun pour reprendre l'école, je me suis avancé, accompagné de ma maman qui la portait dans ses bras, vers l'un de mes camarades afin de lui ordonner fièrement de constater à quel point ma petite sœur était belle. C'était quelques jours avant que je ne lâche délibérément la poussette dans laquelle elle se trouvait du haut d'une pente.

Dans cet esprit je constate que la plupart de ses qualités ont été soulignées aujourd'hui. Mais omettre ses défauts serait ne pas rendre entièrement justice à sa mémoire, car ils la définissaient au moins autant que celles-ci.

Ainsi était-elle têtue, enfant gâtée, capricieuse, mélancolique, bornée, et j'en passe… Mais il y a quelques jours, dans ses cartons, je suis tombé sur une lettre que lui a écrite notre maman pour son vingtième anniversaire. Elle y parle de son enfance, du bébé qu'elle était et qui fixait tout son entourage avec une intensité déconcertante. Puis elle lui apprend comment nos voisins camerounais, en raison de cette particularité, l'avaient affectueusement surnommée « la vieille ». Enfin, j'ai repensé à ses études de médecine et au fait que, malgré sa dépendance à la cocaïne, elle soit parvenue jusqu'à la troisième année.

Les petits défauts que je tenais à rappeler et qui faisaient partie d'elle n'étaient en réalité rien d'autre que la marque de l'intelligence furieuse dont j'ai réalisé, peut-être trop tard, qu'elle était dotée.

Je ne crois pas ma petite sœur dans un endroit meilleur ; il n'y en a d'autre que la vie. Je n'imagine pas non plus qu'elle puisse nous entendre ou même nous voir, en ce moment ni à aucun autre.

Je crois que cette cérémonie est un adieu.

Et c'est mieux ainsi. Les roses sont belles uniquement parce qu'elles fanent.

Cependant, je ne peux m'empêcher de penser à tout ce qu'elle ne verra plus jamais : une aube qui enflamme l'horizon de la mer, des éternités secouées par des révoltes et d'autres figés par des étreintes, des poèmes défiant de beauté les abîmes d'une tristesse, des amoureux qui s'embrassent sur le quai d'une gare, ou bien encore Paris habillée de la lumière d'un soir d'automne.

Car dorénavant, ma petite sœur est plongée dans un sommeil dont les rêves sont absents. Elle les a de toute manière déjà tous faits au long de son existence : elle rêvait de devenir un grand psychiatre, d'avoir des enfants, et surtout une garde-robe immense…

Cependant sa mort est l'occasion pour elle de nous donner une dernière et splendide leçon (elle aurait adoré m'entendre dire ça). J'ai trouvé écrite dans l'un de ses carnets une phrase de Shakespeare : « L'amour ne s'altère pas en heures ou en semaines, mais survit jusqu'à la pointe de la fin des temps. Et si cela est faux, qu'on me le prouve. Je n'ai jamais écrit et personne n'a jamais aimé. »

Notre maman a placé sa peluche préférée dans son cercueil, pour qu'elle ne passe pas cette longue nuit toute seule. C'est un lapin marron qu'elle avait prénommé Erik en hommage à l'auteur des Gymnopédies.

Pour ma part, j'ai bien compris son message. Et je la laisse emmener au creux de ses beaux yeux d'ambre une part ardente de cet amour au goût d'infini que j'éprouve pour elle, et qui ne me quittera jamais.

Et cette leçon dont je vous parlais tient en un questionnement éclatant d'impertinence :

Mais que peut bien la mort contre ça ?

Adieu ma petite sœur. J'espère que tu vas bien dormir. Sache que je t'aimerai infiniment de tout mon cœur et de toute mon âme, jusqu'à mon dernier souffle.

C'est ainsi que se comprend la petite sœur. C'est à l'instant de sa mort que s'entrevoit la solution de l'énigme qu'elle fut, et qui s'établissait dans son regard étrange. Sa vieillesse de substance en était un autre indice. Vieillesse. Pas gravité. Une vieillesse toute naïve qui se retourne sur le passé en souriant et se demande si c'est le point d'un rêve.

Pour mieux comprendre, il faut revenir à Crapule notre chienne en Afrique. Crapule aussi était vieille de cette drôle de façon. La petite sœur et elle s'entendaient d'ailleurs à merveille. En Côte d'Ivoire, lorsque Jeannette étalait une natte par terre dans le garage pour manger l'attiéké et l'alloco, Crapule s'allongeait non loin de nous et somnolait dans la torpeur de midi. La petite sœur adorait grimper à califourchon sur elle, la bouche dégoulinante du sucre ocré des bananes plantains. Le repas terminé, on restait sur cette natte jusqu'au soir et les jouets remplaçaient bien vite les assiettes.

Alors que la chaleur ne s'estompe pas dans l'Afrique effarouchée et que Jeannette fait la sieste, la petite sœur est toujours assise sur Crapule. Patiente, la chienne âgée essaie tout de même de s'endormir. La petite sœur, voyant les yeux de l'animal se fermer, croit Crapule mourante. Elle prend peur, lâche ses jouets et serre la tête de la vieille chienne contre sa poitrine aussi fortement qu'elle le peut. À cette époque, la petite sœur ne l'avait pas encore bien compris. Puis, toute sa vie durant, elle ne voulut jamais l'admettre.

Alors que c'est là que se trouve la solution de l'énigme :

Tout ce qui est vieux doit mourir.

« Que nous est-il arrivé, petite sœur ? Comment puis-je faire sans nous ? »

Je suis devant cette tombe où j'ai l'impression que la petite sœur ne se trouve pas. Seul. Il fait beau. Une abeille vient doucement butiner les deux azalées plantées à son pied, ballottées par le vent d'ouest qui charrie aussi les chants des oiseaux alentour. Il doit y avoir, quelque part sur cette étrange Terre, des amandiers en fleurs sous ce jour de Provence. C'est son anniversaire. Le 14 du mois de mai.

Elle aurait eu vingt-trois ans aujourd'hui.

Son histoire peut paraître courte. La réalité est autre : elle fut longue, interminable même, et d'une beauté sans égale, puisque la petite sœur put vieillir si longtemps.

« Parfois, je crois entendre ta voix dans les ressacs d'eaux claires, ou les murmures d'une nuit ronde. »

Je dépose sur sa tombe des galets que j'ai empruntés à un océan.

« Je veux que ces pierres te chantent la jolie mélodie des vagues, petite sœur. Le monde n'est toujours pas plein de poésie ni de musique… ni de roses. Il est tout entier empli d'un peu moins de toi. »

Des nuages passent lentement dans le ciel et disparaissent en silence derrière un horizon bleu.

« On ne se reverra jamais, petite sœur. Je le sens. Je le sais. Mais la vie sans toi reste la vie. Tu ne m'en aurais pas voulu de continuer désespérément à lui chercher un sens dont elle n'a nul besoin.

« Ma petite sœur… Mon tout petit souvenir d'or… Merci pour tout. Merci pour cette merveilleuse petite balade à ton côté, merci pour sa dureté autant que pour sa splendeur, merci pour tout le spectaculaire qu'on a été, toi et moi. Juste nous ensemble. Merci car je n'ai jamais rien accompli de plus grand que de t'aimer. Merci, merci.

« Jamais la mort n'érodera le métal précieux dont tu es faite. »

La petite sœur s'appelle Laure.

Photocomposition Nord Compo à Villeneuve-d'Ascq

Achevé d'imprimer en décembre 2022
par CPI BUSSIÈRE (18200 Saint-Amand-Montrond)
pour le compte des Éditions Calmann-Lévy
21, rue du Montparnasse, 75006 Paris

PAPIER À BASE DE
FIBRES CERTIFIÉES

CALMANN LEVY s'engage
pour l'environnement en réduisant
l'empreinte carbone de ses livres.
Celle de cet exemplaire est de :
800 g éq. CO_2
Rendez-vous sur
www.calmann-levy-durable.fr

N° d'éditeur : 6310701/01
N° d'imprimeur : 2068621
Dépôt légal : janvier 2023
Imprimé en France.